Freunde auf leisen Samtpfoten

Text und Illustrationen:

Conny Bubeck

1. Auflage 2006

ISBN 3-937950-14-1

Text und Illustrationen: Conny Bubeck
Alfred-Klingele-Straße 31
73630 Remshalden

Druck und
Weiterverarbeitung: PRESSEL Digitaldruck, Remshalden
Erschienen im: PV - Pressel Verlag, Remshalden

Inhaltsverzeichnis

1. Katzen sind doch was für Omas!

Ich gebe zu, ich hätte mich am liebsten tot gekratzt. Windpocken zu haben, war eine echte Qual. Nicht nur des Juckens wegen. Auch, weil man so furchtbar alleine war. Meine Freunde durften mich nicht besuchen, weil sie sich anstecken könnten. Nicht mal mein kleiner Bruder durfte in mein Zimmer kommen. Nur Mama schaute ab und zu mal nach mir. Und abends mein Papa. Sonst war ich mit mir, den Windpocken und dem schrecklichen Juckreiz allein. Das Schlimme war, dass ich ständig ans Kratzen denken musste, weil ich durch nichts abgelenkt wurde. Gestern hatte ich ein Buch gelesen. Ich war schon durch, weil ich ja den ganzen Tag nichts anderes getan hatte. Heute verspürte ich jedoch nicht schon wieder Lust, was zu lesen. Ich hörte Musik, aber wenn mich ein Lied nicht gerade vom Hocker riss, dann war ich vom Jucken auch nicht abgelenkt.

Ich sah auf die Uhr. Erst drei! Das würde ein langer Nachmittag werden. Während alle meine Freunde draußen herumtobten, musste ich das Bett hüten. Ich fand das einfach nicht gerecht. Warum hatte ich die Windpocken auch ausgerechnet im Juni bekommen müssen, wenn draußen die Sonne schien? Konnte man solche Krankheiten nicht im Winter kriegen? Und wer hatte mich überhaupt angesteckt? Mir war nicht bekannt, dass aus meiner Klasse jemand unter Windpocken litt. Nur ich! Ich war richtig wütend.

Obwohl ich erst eineinhalb Tage im Bett lag, hatte ich das Gefühl, schon ewig krank zu sein. Und Mama hatte mir prophezeit, dass Windpocken schon mindestens eine Woche dauern würden. Eine Woche! Mindestens!
Ich griff mir das olle Puder, das gegen das Jucken helfen sollte und rieb mich damit ein. Es wurde etwas besser. Aber nicht viel!
Es klopfte, und meine Mama steckte den Kopf in mein Zimmer. „Hallo, mein Häschen. Na, lebst du noch?“
„Fast nicht mehr!“ stöhnte ich.
Mama setzte sich auf den Stuhl, der neben meinem Bett stand. „Soll ich dir was zu knabbern bringen?“
„Keinen Appetit“, brummte ich. Das stimmte wirklich! Seit gestern hatte ich keinen richtigen Hunger mehr. Ein Zeichen wohl, dass ich tatsächlich krank war.
„Sollen wir was spielen?“
„Was kann man denn zu zweit spielen?“ fragte ich missmutig.
„Mensch ärgere dich nicht!“
„Mensch, Mama, das ist zu zweit doch voll langweilig!“ Ich setzte mich aufrecht hin, zog das Kissen in meinen Rücken und kuschelte mich hinein. „Ich hab zu gar nichts wirklich Lust! Ich würde nur gern raus zu meinen Freunden!“
Mama lächelte mitleidig. „Ja, Häschen, aber das geht eben nun mal nicht. Du musst mit mir vorlieb nehmen.“

„Wie lange dauert das denn noch mit diesen Windpocken?“ fragte ich, obwohl ich es ja längst wusste. „Das ist kaum zum Aushalten!“

„Lilo“, wenn Mama mich mit Namen anredete, dann wurde sie stets ernster. „Du musst ein wenig Geduld haben.“

„Aber es juckt ganz fürchterlich.“

„Dafür ist der Puder ...“

„Der nützt auch nicht wirklich was!“ fiel ich meiner Mama ins Wort.

„Jetzt sei ein tapferes Mädchen. In ein paar Tagen wird es nicht mehr so schlimm sein!“

„Aber ein paar Tage ist schon zu lang!“ motzte ich. „Bis dahin haben mich außerdem meine Freunde bestimmt schon vergessen.“

„Wenn du weiterhin so jammerst, gehe ich.“

„Aber es ist doch wahr ...“

„Du denkst wohl, weil du krank bist, hast du ein Recht zum Jammern, oder was?“

Mama hatte den Nagel auf den Kopf getroffen. „Finde ich schon.“

Mama nickte nachdenklich. Sie strich sich eine ihrer blonden Haarsträhnen aus der Stirn und atmete tief durch. Dann lächelte sie mich aufmunternd an und fragte: „Gibt es irgend etwas, was du dir ganz besonders wünschen würdest?“

„Warum?“ fragte ich verdutzt.

„Na, vielleicht bekommst du es, wenn du die nächsten Tage tapfer bist.“

Ich musste über Mama grinsen. Sie war ganz schön ausgefuchst, fand ich. Bestimmt glaubte sie, wenn ich mich auf ein Geschenk freute, dann dachte ich vielleicht nicht an den Juckreiz und nicht so sehr an meine Freunde. Dann hatte die Krankheit sogar was Gutes! Ich wurde sozusagen belohnt, dass ich die Windpocken hatte. Das fand ich klasse.
Ich wusste auch schnell, was ich mir wünschte. Diesen Wunsch hegte ich schon lange. Aber ich hatte noch nie darüber gesprochen, weil ich glaubte, Mama und Papa wären bestimmt nicht einverstanden. Jetzt aber wagte ich es.
„Ein Haustier hätte ich gerne", murmelte ich. Ich hatte es eigentlich fröhlicher und lauter sagen wollen. Aber ich war zu verunsichert, wie Mama wohl reagieren würde.
„Tatsächlich?" fragte Mama jedoch nur. „Darüber hast du noch nie gesprochen."
„Ja, aber das wäre echt toll!"
„Eine Katze?" fragte Mama, die anscheinend gar kein Problem mit meinem Wunsch hatte.
Ich verzog mein Gesicht. „Nein, doch keine Katze. Katzen sind was für Omas."
„Nanu? Warum denn das?" Mama war wohl tatsächlich sehr überrascht über meine Aussage, denn es bildete sich eine dicke Runzel auf ihrer Stirn.
Ich rollte mit den Augen über so viel Begriffs-stutzigkeit. „Katzen legen sich gerne auf den Schoß und schlafen dort", erklärte ich. „Da eignet sich eine

Oma, die eh den ganzen Tag im Rollstuhl sitzt, doch am besten. Ist doch logisch!"
Mama brach in ein heiteres Lachen aus. Ich verstand nicht, was sie an meinen Worten so lustig fand. Okay, ich hatte vielleicht ein bisschen übertrieben. Aber nur ein klein bisschen, fand ich!
„Mama, das ist nicht nett. Warum lachst du mich aus?"
Meine Mama hörte auf zu lachen. Aber dieses typische Mama-Grinsen konnte sie nicht ganz abstellen. Es sah aus, als wolle sie sagen: Kinder sind ja so süß! Ich hasste das. Ich war nämlich kein kleines Kind mehr. Mein Bruder war klein, ich nicht!
Während meine Mama wohl nach den richtigen Worten suchte, fiel mir plötzlich auf, dass ich mich schon eine ganze Weile nicht mehr gekratzt hatte. Es tat doch tatsächlich gut, über ein besonderes Geschenk nachzudenken.
„Also, meine liebe Lilo, ich glaube, ich muss dir mal etwas über Katzen erzählen", leitete Mama ihre nächsten Worte noch immer lächelnd ein. Ich stellte mich schon leicht genervt auf einen trockenen Vortrag über das Mäusejagen von Katzen ein.
„Du denkst, Katzen sind langweilig?" fuhr Mama fort. „Im Gegenteil, mit Katzen ist das Leben durchaus spannend. Sie sind neugierig, verspielt und vor allem eigensinnig!"
„Eigensinnig?" fragte ich brummelnd. „Was ist daran spannend?"

„Na ja, jede Katze hat ihre eigenen Vorlieben und Macken. Katzen sind kleine Persönlichkeiten."
„Das sagst du jetzt so! Ich glaube immer noch, dass es mit Katzen langweilig ist."
„Wenn du das meinst, dann erzähle ich dir ein paar Geschichten über Katzen und deren zweibeinigen Freunde. Vielleicht überzeugen sie dich vom Gegenteil."
„Also, dann leg mal los!" gab ich nach. Eine Geschichte erzählt zu bekommen war allemal besser, als einsam und gelangweilt im Bett zu liegen.
Und Mama begann ...

2. Hexe auf Entdeckungstour!

Caro kam gerade von der Schule nach Hause. Sie ging in die vierte Klasse. Am liebsten mochte sie den Sportunterricht. Heute waren sie draußen auf dem Sportplatz gewesen und hatten 50-Meter-Lauf und Weitsprung trainiert. Caro sang fröhlich vor sich hin, während die Sommersonne sie in der Nase kitzelte.
Sie besaß schon seit einem Jahr ihren eigenen Hausschlüssel, worauf sie besonders stolz war. Als sie die Haustür öffnete, kam sofort ein kleines braun-weißes Etwas auf sie zu geflitzt. „Maunz", machte es und streifte schmusend um Caros Beine.
„He, hallo kleine Hexe", begrüßte das Mädchen die junge Katze und nahm Hexe auf den Arm. Sofort

begann die kleine Tigerkatze zu schnurren und Caros Nase abzulecken.
„Das darfst du doch nicht!“ Doch das war Hexe egal. Als sie ausgiebig geschnurrt und geschmust hatte, hüpfte das zehn Wochen alte Katzenkind auf den Boden und rannte in Caros Kinderzimmer.
Erst einmal wollte Caro essen, bevor sie mit ihrer vierbeinigen Freundin spielte. Sie hatte fürchterlichen Kohldampf. Als sie in die Küche ging, um ihre Mama zu begrüßen, roch sie, dass es Spaghetti gab. Hmm, lecker!
Hexe ließ Caro nicht in Ruhe essen. Die ganze Zeit schlich sie um ihren Stuhl herum und maunzte ihr kleines Frauchen an. Sie versuchte sogar, auf den Tisch zu springen. Aber da griff sofort Caros Mama ein. Ihr älterer Bruder lachte nur. „Gib ihr doch mal ’ne Nudel, vielleicht mag sie das ja!“
„Sie will spielen!“ klärte Caro ihn gereizt auf.
„Vielleicht können wir die Kleine jetzt ja auch mal rauslassen“, meinte die Mama.
„Das ist doch gefährlich“, widersprach Caro besorgt.
„Nein, das glaube ich nicht. In unserer Straße fahren selten Autos. Und unser Garten ist doch sehr groß. Du musst sie halt beaufsichtigen. Zeig ihr, was die Natur alles zu bieten hat.“
Da war Caro nicht mehr zu halten. Sie vergaß, dass sie Hunger hatte, war nach dem ersten Teller satt und öffnete für Hexe die Terrassentür.
„Komm, Hexe, du darfst jetzt die Welt entdecken.“

Hexe stand mit hoch gestreckt zitterndem Schwanz in der geöffneten Tür. Neugierig schnupperte sie in die warme Luft hinaus. Mit großen Augen schaute sie zu Caro auf, ehe sie vorsichtig eine Pfote vor die andere setzte. Noch immer zitterte ihr Schwanz vor Aufregung, als sie die Terrasse verließ und den Rasen erreichte. Dabei ging ihr das Gras fast bis zum Bauch, weil Papa noch nicht gemäht hatte. Oh, da gab es viel zu entdecken. An jedem Grashalm musste die kleine Tigerdame schnuppern. Jedes Blümlein wurde unter die Lupe genommen. Caro stand dabei und lächelte glücklich.

Neugierig entdeckt Hexe die neue Welt

Dann entdeckte Hexe Mücken und Spinnen. Auch auf einen Grashüpfer wurde sie aufmerksam. Die neue

Welt gefiel ihr. Da konnte man ja noch besser spielen als mit der Schnur und der Stoffmaus. Hexe jagte einem Schmetterling nach und wälzte sich danach lebenslustig im Gras.
Und dann passierte es: Caro passte nicht auf – und Hexe verschwand unter einem Busch. An sich war das nicht schlimm. Aber Caro musste zum Nachmittagsunterricht und wollte Hexe nicht draußen lassen. Diese aber ließ sich nicht fangen und wollte auf gar keinen Fall wieder in die Wohnung.
„Hexe, bitte, komm doch mit rein! Sei ein liebes Kätzchen!"
Doch Hexe wollte eben nicht lieb sein. Sobald Caro ihr näher kam, sprang Hexe unter den nächsten Busch und schaute sie nur herausfordernd an.
Besorgt lief Caro zu ihrer Mama in die Küche.
„Ach, die kommt bestimmt gleich, wenn du nicht bei ihr draußen bist. Geh nur ruhig in die Schule."
Caro ging also zur Schule, aber keineswegs ruhig. Und als sie zwei Stunden später heimkam und die Haustür öffnete, wurde sie kein bisschen ruhiger. Denn Hexe begrüßte sie nicht.
„Mama", rief sie verzweifelt. „Wo ist Hexe?" Sie stürmte ins Wohnzimmer, wo Mama gerade beim Bügeln war.
„Ich weiß auch nicht, Caro. Sie ist tatsächlich nicht rein gekommen."
Caro schniefte.

„Ach, Schätzchen“, Mama nahm ihre Tochter in den Arm. „Da ist bestimmt nichts passiert. Hexe will einfach die Welt entdecken. Da gibt’s ja soviel Neues da draußen.“
„Hast du sie denn schon gesucht?“
„Ich habe sie ein paar Mal gerufen, aber sie ist nicht aufgetaucht.“
„Und???“ schluchzte Caro. „Was machen wir denn jetzt?“
„Schätzchen, es ist doch erst Nachmittag. Bestimmt kommt Hexe zurück, wenn sie Hunger hat.“
Aber damit gab sich Caro nicht zufrieden. Sie rannte in den Garten und rief nach Hexe. Sie sah unter jedem Busch nach. Vielleicht war Hexe ja auch müde geworden und hatte sich an einem kuscheligen Plätzchen zusammengerollt.
Als Caro im Garten nicht fündig wurde, ging sie die Straße entlang.
„Hexe! Hexe!“
Heiße Tränen rannen Caro über die Wangen. Wo war ihre kleine Freundin?
„Hexe!“ rief sie verzweifelt.
„He, du da unten!“ ertönte plötzlich eine Stimme.
Caro schaute sich suchend um.
„Hier oben“, sagte die Stimme. Caro blickte hinauf. Ein Junge streckte den Kopf aus dem Fenster eines Einfamilienhauses. Er war einiges älter als Caro. Sie kannte ihn nicht, weil er mit Sicherheit ältere Freunde hatte als sie.

„Suchst du was?“
„Das sieht man doch“, brummte Caro.
„Na ja, man hört es eher“, lachte der Junge.
„Sehr witzig“, knurrte Caro, die nicht wusste, ob der Junge sie nur ärgern wollte.
„Suchst du vielleicht eine kleine Katze?“
Caros Gesicht hellte sich auf. „Weißt du, wo Hexe ist?“
Wieder lachte der Junge. „Warte, ich komme mal runter.“
Kurz darauf öffnete er die Haustür und ließ Caro hinein.
„Hexe ist bei dir im Haus?“ fragte Caro erstaunt.
„Ja, wenn es deine Hexe ist. Komm, ins Wohnzimmer.“
Es war tatsächlich Caros Kätzchen. Und nun musste sogar sie lächeln. Die kleine getigerte Katze hatte es sich zwischen den Vorderpfoten eines Hundewelpen gemütlich gemacht. Sie schliefen beide auf dem Sofa und schienen ziemlich müde zu sein.
„Ich bin übrigens Max“, stellte sich der Junge vor. „Und als ich so vor ’ner Stunde mit meinem kleinen Schäferhund draußen war, ist uns deine Katze begegnet. Hexe ist uns die ganze Zeit gefolgt. Erst mit Abstand, dann neben uns. Die zwei haben Fangen gespielt und gerauft. Na ja, und dann ist sie wie selbstverständlich mit in die Wohnung gekommen.“
„Warum hast du Hexe nicht zurückgebracht?“

„Ich wusste doch gar nicht, wem die Kleine gehört. Sie trägt kein Halsband. Vielleicht solltest du ihr eines dran machen. Am besten mit Adressanhänger.“
Caro nickte nur und betrachtete Hexe und deren neuen Freund mit glänzenden Augen.
„Und was jetzt?“ fragte sie dann.
Der Nachbarsjunge zuckte mit den Schultern. „Weiß nicht. Die zwei sind vom Herumtoben ziemlich müde. Vielleicht lässt du Hexe hier, bis sie wach wird. Und dann bringe ich sie dir rüber. Welche Hausnummer?“
„Nummer 3.“
Am Abend hatte Caro ihr Kätzchen wohlbehalten wieder. Als erstes fiel es über den Fressnapf und die Milch her. Dann tollte es mit der Stoffmaus noch ein wenig herum. Als Caro jedoch zu Bett gehen musste, wurde für Hexe alles andere unwichtig. Sie rannte Caro hinterher, hüpfte ebenfalls ins Bett und kuschelte sich ganz eng an ihr kleines Frauchen. War das ein ereignisreicher Tag! Den verarbeitete man am besten an Caros Seite. Und dann schliefen die beiden tief und fest und waren froh, wieder einander zu haben.

3. Marcos Geheimnis

Der 10-jährige Marco hatte seinen Freund Jürgen zum Spielen eingeladen. Er hatte gestern an Heiligabend eine Rennbahn geschenkt bekommen.

„Wow!“ entfuhr es Jürgen, als er das gigantische Geschenk sah, das Marco im Wohnzimmer aufgebaut hatte. „Mann, da werden wir aber ’ne Menge Spaß haben.“
Und so war es auch. Der Vormittag flog dahin wie nichts, während sich die beiden Jungen heiße Rennen lieferten. Zum Mittagessen musste Jürgen heim. Er wohnte gleich nebenan.
„Ich komme, sobald unser Besuch mich genug genervt hat“, versprach Jürgen. Und um halb drei war er auch schon wieder da.
Sie waren wieder ganz ins Spielen vertieft, als beide von einem seltsam kratzenden Geräusch abgelenkt wurden.
„He, was ist das denn?“
Das Geräusch kam vom Balkon. Da saß doch eine schwarz-weiße Katze mit gelben Augen und kratzte an der Scheibe.
„Habt ihr seit neuestem eine Katze?“ fragte Jürgen verdutzt.
„Nee. Keine Ahnung, woher die kommt. Habe ich noch nie gesehen.“
Die Katze war sehr groß und kräftig. Die Freunde vermuteten deshalb, dass es sich nur um einen Kater handeln konnte. Sie standen auf und öffneten die Balkontür. Sofort nahm der Kater Reißaus, sprang aufs Balkongeländer und von da aus in den Baum. Dort blieb er allerdings sitzen. Skeptisch beäugte er die beiden Freunde.

„Komm, wir spielen weiter“, schlug Marco vor.
Doch kaum hatten sie wieder die Autos in Fahrt gesetzt, saß der Kater erneut vor der Balkontür. Dieses Mal jammerte er.
„Meinst du, der will rein?“ fragte Jürgen. „Vielleicht ist es ihm draußen zu kalt.“
Marco zuckte mit den Schultern und öffnete die Balkontür. Wieder suchte der Kater Schutz in dem Baum. Doch weiter entfernte er sich nicht, und er beobachtete die beiden Freunde sehr genau.
Marcos Eltern bekamen von alldem nichts mit. Sie saßen zusammen mit den Großeltern im Esszimmer und führten langweilige Erwachsenengespräche.
Marco kehrte zur Rennbahn zurück. Noch ehe sie ein weiteres Rennen starten konnten, saß der Kater wieder an der Scheibe und schaute einfach neugierig hinein.
Marco brachte es nicht fertig, den lustigen Kater zu ignorieren und öffnete wieder die Balkontür. Und erneut verschwand das Tier im Baum.
„Lass die Tür doch mal offen“, schlug Jürgen vor.
„Da wird es doch voll kalt.“
„Ist doch egal. Nur kurz, um zu probieren, ob er sich reintraut.“
Also ließ Marco die Balkontür offen. Er setzte sich wieder zu Jürgen auf den Boden. Aber an Spielen war nicht mehr zu denken. Gespannt warteten sie, was der Kater unternehmen würde.
Und tatsächlich: nach wenigen Minuten stand dieser an der Tür und lugte neugierig zu den beiden Jungs

hinüber. So ganz traute er sich nicht ins Wohnzimmer. Aber er stand bereits auf der Schwelle und schien von der wohligen Wärme angezogen zu werden. Er reckte sein Köpfchen ganz weit vor und schnupperte eifrig nach den fremden Gerüchen, die hier in der Luft lagen.

„Na komm, Kater!“ lockte Marco leise. „Komm, Süßer, brauchst keine Angst zu haben.“ Er streckte ihm die Hand entgegen. Erst zuckte der Kater zurück. Doch da Marco ruhig blieb, kam er dann doch vorsichtig näher und beschnupperte die Hand des Jungen. Seine Barthaare zitterten dabei vor Nervosität. Als er die Hand schließlich eingehend untersucht hatte, drang er auf vorsichtigen Pfoten tiefer ins Wohnzimmer ein. Neben der Rennbahn blieb er stehen und sah sich interessiert aber wachsam um.

Marco und Jürgen lockten ihn mit leiser Stimme. Ein leises, unsicheres Miau kam zur Antwort. Als Marco versuchte, den Kater zu streicheln, duckte sich dieser entsetzt und wich mit einem schnellen Seitensprung aus. Das Wohnzimmer aber verließ er nicht.

Nachdem er eine Weile ruhig die Lage gepeilt hatte, untersuchte er nun voller Tatendrang das neue Revier. Er beschnupperte das Sofa, knabberte an einer herunterhängenden Zimmerpflanze und untersuchte schließlich die Rennbahn. Dabei tippte er mit seinen Samtpfoten vorsichtig die Autos an.

„Hol doch ’ne Schüssel Milch“, flüsterte Jürgen.

„Gute Idee!“ Und schon verschwand Marco in der Küche. Als er kurz darauf mit der Milch zurückkam, schnupperte der Kater nur kurz an der Schüssel, ehe er sich gierig über die weiße Mahlzeit hermachte.
Die beiden Freunde grinsten sich zufrieden an. „Scheint Hunger zu haben“, vermutete Marco.
Ruck zuck war der schwarz-weiße Kater fertig. Er schleckte sich genüsslich die Schnauze ab und sah sich dann unentschlossen um.
„Was er wohl will?“
„Vielleicht sucht er ein gemütliches Plätzchen“, antwortete Jürgen.
Tatsächlich suchte der Kater einen Platz. Er hatte ihn auch schon gefunden. Mit einem Satz landete er auf einem Schrank, von wo aus er die beiden Jungs hervorragend im Blickfeld hatte. Er setzte sich wie der Chef in diesem Hause hin, blickte sich kurz um und begann dann, sich ausgiebig zu putzen. Dabei schien er die beiden Jungs völlig zu ignorieren.
„Na, dann spielen wir eben weiter“, schlug Marco vor.
„Hoffentlich ist ihm das nicht zu laut“, überlegte Jürgen.
Doch das schien nicht der Fall zu sein. Als der Kater fertig war mit Putzen, legte er sich gemütlich hin und schaute neugierig zu, wie die Autos ihre Runden fuhren.
So spielten die Jungs etwa eine halbe Stunde und genossen die Gegenwart des Zuschauers, bis der Vater

ins Wohnzimmer kam und entrüstet meinte: „Es ist lausig kalt hier drin. Warum ist die Tür auf?“
Dann sah er nur noch, dass etwas an ihm vorbeihuschte und hörte, wie das Balkongeländer wackelte.
„Was war denn das?“
„Das war unser neuer Freund“, meinte Marco verlegen und kratzte sich am Kopf.
„Ein neuer Freund? Soso.“ Der Papa schloss erst einmal die Tür. Dann bemerkte er die kleine Schüssel und ein paar Spritzer Milch auf dem Boden. „War hier etwa eine Katze?“ fragte er verdutzt.
„Ja, sie hat uns ’ne ganze Weile beim Spielen zugeschaut. Saß hier oben auf dem Schrank.“
„Und sonst hat sie nichts angestellt?“ Zweifelnd schaute sich der Papa im Wohnzimmer um, ob etwas kaputt gegangen war.
„Nein“, verteidigte Marco den Kater. „Er hat nur die Milch geschlabbert, ist dann auf den Schrank gesprungen und hat dort eine Weile ganz brav gelegen.“
„Na, jetzt ist die Katze ja weg. Ich will nicht, dass ihr wieder irgendein Viehzeug in die Wohnung lasst, klar?“
„Das ist kein Viehzeug!“ widersprach Marco ärgerlich. „Das war ein ganz süßer Kater, der sich einfach aufwärmen wollte und Spaß an unserer Rennstrecke hatte.“

„Also, kein Viehzeug! Aber ich möchte auch keine Katze in der Wohnung. Wir gehen bei dem schönen Wetter jetzt spazieren. Ihr wollt wohl nicht mit, oder?“

„Nee, wir spielen weiter.“

Allerdings war die Stimmung nun etwas getrübt. So recht wollte keine Freude mehr aufkommen. „Ist fast langweilig ohne unseren Zuschauer“, fand Jürgen. Marco nickte bedrückt.

Doch es dauerte gar nicht lange, da kratzte wieder etwas an der Tür. Marco und Jürgen sprangen auf.

„Dein Vater will die Katze aber doch nicht hier drin haben.“

„Er ist ja weg und weiß es nicht“, brummte Marco verschmitzt und ließ den Kater herein. Der stolzierte wie selbstverständlich ins Wohnzimmer, umrundete die Jungs zweimal und sprang schließlich auf den Schrank. Dort legte er sich gemütlich hin, als wäre dort seit Jahr und Tag sein Plätzchen. Es störte ihn nicht einmal, dass Marco die Balkontür schloss. Der Kater genoss die Wärme und schien die umherrasenden Autos faszinierend zu finden. Die beiden Jungs wiederum freuten sich über die ungewöhnliche Aufmerksamkeit des fremden Besuchers.

Als Eltern und Großeltern wieder zurückkamen, sprang der Kater sofort auf den Boden. Marco öffnete rasch die Balkontür, und der neue Freund verschwand auf leisen Pfoten.

„Und? Alles in Ordnung?“ fragte der Vater. Die Freunde sahen sich grinsend an und nickten.
Der Kater wurde den ganzen Tag nicht mehr erwähnt. Nur ab und zu warfen sich Marco und Jürgen verschwörerische Blicke zu. Obwohl sie es nicht aussprachen, wussten beide, dass sie dasselbe dachten: Würden sie den Kater wieder sehen?
Marco musste im Gegensatz zu Jürgen gar nicht lange warten. Als er abends im Bett lag, hörte er an seinem Fenster ein schwaches Maunzen. Auch der Rollladen schepperte etwas. Mit einem leisen Seufzer der Freude sprang Marco aus dem Bett und öffnete für den Kater sein Fenster. Woher wusste das Tierchen nur, wo er sein Kinderzimmer hatte? Katzen mussten ja ganz schön schlau sein!
Der Kater ließ sich noch immer nicht streicheln. Er machte es sich aber sofort auf dem Läufer vor Marcos Bett bequem. „Na, du Süßer? Da müssen wir aber aufpassen, dass Papa nichts mitkriegt.“ Als er fast eingeschlafen war, hüpfte der Kater aufs Bett und rollte sich schnurrend am Fußende zusammen. Marco lächelte vor sich hin. „Schön, einen neuen Freund zu haben“, murmelte er müde. „Ich werde dich Lulu nennen.“ Und so schliefen die beiden zufrieden ein. Lulu war glücklich, einen netten Menschen in einer wohlig warmen Wohnung gefunden zu haben. Und Marco fand es neben seiner Freude über einen vierpfotigen Freund ein klein bisschen spannend, ein Geheimnis vor seinen Eltern zu haben.

Der fremde Kater schaut den Jungs neugierig zu

Meine Mama blickte mich abwartend an, als sie die Geschichte über Marco und Lulu beendet hatte. Mama konnte richtig gut Geschichten erzählen. Das hatte sie schon lange nicht mehr getan, weil ich ja eigentlich auch schon zu alt für Geschichten war. Aber ich hatte genauso fasziniert zugehört wie früher.
„Also", gab ich zu, „ein Leben mit Katzen scheint tatsächlich auch interessant zu sein."
„Nur interessant?" fragte Mama enttäuscht. „Ich glaube, für Caro und Marco ist das Zusammensein mit Katzen sehr schön."
„Möglich!" Ich wollte nicht sofort zugeben, dass ich mich vielleicht doch getäuscht hatte. Aber waren Hexe und Lulu nicht eher Ausnahmen? Hexe war ja noch ganz jung und natürlich verspielt. Und Lulu war

eben ein Streuner und musste sich erst an das bequeme Familienleben gewöhnen. Aber bald wären beide ein Fall für Omas Schoß ...

Als ich Mama meine Gedanken verriet, wiegte sie den Kopf.

„Bestimmt hast du zum Teil recht. Katzen schlafen viel, lümmeln gerne auf ihren Lieblingsplätzen herum oder kümmern sich ausgiebig um ihre Fellpflege. Aber das ist dann nur ein Zeichen, dass sie sich bei dir wohl fühlen.“

„Und wenn sie sich nicht wohl fühlen?“

„Dann verhalten sie sich vielleicht wie Tinas Freund Pauli ...“

4. Ein neues Zuhause für Pauli

Tinas Mutter arbeitete ehrenamtlich im Katzenhaus. Das war ein kleines zweistöckiges Haus, in dem nur Katzen lebten. Die Tiere wurden dort so lange versorgt, bis sie ein liebes neues Herrchen oder Frauchen gefunden hatten.

So manche Katzen verstanden sich überhaupt nicht mit ihren Artgenossen. Sie mussten dann leider einzeln untergebracht werden – zum Teil in engen Käfigen.

Tinas Lieblingskater war der grau getigerte Pauli. Der lag am liebsten faul auf dem großen roten Kissen und

beobachtete die anderen Katzen beim Spielen. Selten ließ er sich dazu herab, selbst mit zu spielen. Wenn er nicht gerade zuguckte oder schlief, dann putzte er sich ausgiebig. Seine Lieblingsbeschäftigung allerdings bestand im Schmusen mit Tina. Wenn er sie kommen hörte, begrüßte er sie schon immer an der Tür, indem er schnurrend um ihre Beine streifte. Und dann rannte er sofort zu seinem Lieblingskissen, wo Tina ihn ausgiebig streicheln musste.
Heute allerdings begrüßte Pauli seine Freundin nicht, als sie wieder einmal mit ihrer Mutter kam.
„Pauli!“ rief Tina nach ihm. „Pauli!“
Doch der Kater ließ sich nicht blicken. Verwundert über das seltsame Verhalten rannte Tina zu dem roten Kissen. „Hallo Pau …!“ Tina verstummte, weil sie ihren Freund nicht auf dem Kissen vorfand. Ja, wo war er denn? Ob er so großen Hunger hatte, dass er seine Freundin heute vergessen hatte?
Doch selbst als Tinas Mama die Fressnäpfe füllte, ließ sich Pauli nicht blicken.
Ein schrecklicher Verdacht regte sich in Tina. War der geliebte Kater weggegeben worden?
„Nicht, dass ich wüsste“, antwortete die Mutter auf Tinas entsetzte Frage.
„Er wird doch nicht krank sein.“
Tina begann, alle Zimmer nach Pauli zu durchsuchen. Immer wieder rief sie seinen Namen. Und endlich: da hörte sie doch von irgendwo her ein klägliches Maunzen.

„Pauli?“
Ein leises Miau ertönte aus einem dunklen Eck.
„Pauli, was machst du denn da?“ fragte Tina überrascht, als sie den Kater fand, der sich in eine viel zu kleine Schachtel gezwängt hatte.
„Komm, Pauli, es gibt Fressen.“
Doch Pauli blieb in seiner Schachtel. Selbst als Tina begann, ihn zu streicheln, rührte er sich kaum. Er schnurrte nicht einmal. Er rieb auch nicht sein Köpfchen an ihrer Hand. Er schaute seine Freundin einfach nur traurig an.
„Mama!“ rief Tina besorgt. „Ich glaube, Pauli ist krank.“
Sofort kam die Mutter. Behutsam nahm sie den großen Kater auf den Arm. „Was ist los mit dir, mein Großer? Warum verdrückst du dich in die Schachtel, statt wie sonst auf deinem Kissen zu thronen?“
Sie untersuchte ihn nach Verletzungen. Vielleicht hatte er sich ja mit anderen Katzen gerauft! Tatsächlich: er hatte am Ohr trockenes Blut kleben und einen Kratzer über der Nase.
Um kein Risiko einzugehen, brachten Mama und Tina Pauli sofort zum Tierarzt. Der konnte zum Glück keine schlimmeren Verletzungen feststellen. Aber seltsam war Paulis Verhalten schon.
„Seit wann raufst du dich denn mit den anderen?“ fragte der Tierarzt und streichelte Pauli liebevoll. Er mochte den imposanten Kater auch gerne. „Ich dachte immer, du bist die Ruhe selbst.“

„Vielleicht hat er sich ja mit dem Neuzugang angelegt“, fiel es der Mama plötzlich ein.
„Haben Sie einen neuen Kater reingekriegt?“
„Ja, ein großer schwarzer Kerl. Vor drei Tagen.“
„Ja, das wäre natürlich eine Möglichkeit. Vielleicht will der Neue Paulis Chefposition einnehmen.“
Traurig streichelte Tina ihren Pauli, der doch bisher mit allen Katzen gut ausgekommen war. Vielleicht aber kam der Neue eben nicht mit Pauli aus.
„Warten Sie einfach mal ab“, schlug der Tierarzt vor. „Vielleicht legt sich das ja wieder. Wahrscheinlich müssen sich die zwei erst zusammenraufen.“
Doch es legte sich nicht. Tina kam nun jeden Tag vorbei, und jedes Mal kauerte Pauli traurig in der kleinen Schachtel. Das rote Kissen gehörte nun dem schwarzen Kater. Anfangs war Tina das gar nicht aufgefallen. Wahrscheinlich, weil er sofort zu den Fressnäpfen gerannt war. Aber nun war es deutlich: der Schwarze hatte Pauli vom Thron gestoßen.
„Mama, wir müssen den Schwarzen in einen Zwinger stecken“, erklärte Tina daheim. „Pauli wird von ihm unterdrückt und ist ganz unglücklich.“
Die Mutter nahm Tina in den Arm. „Aber der Schwarze versteht sich mit den anderen Katzen gut. Er ist eben nun der neue Chef.“
Tina kamen die Tränen. „Aber ich halte es nicht aus, dass Pauli so niedergeschlagen ist und sich nur noch verkriecht.“

„Tja, was sollen wir da machen? Sollen wir Pauli in einen Käfig stecken?“

„Kommt überhaupt nicht in Frage!“ protestierte Tina.

„Dann wäre es das Beste, ihm schnell ein neues Zuhause zu suchen.“

„Was?“ Entsetzt löste sich Tina aus der Umarmung ihrer Mutter. Dann würde sie Pauli ja nie wieder sehen. Weinend rannte Tina in ihr Zimmer.

Beim Abendessen sagte Tina kein Wort. Als ihr Papa allerdings fragte, was denn los sei, platzte es aus Tina heraus: „Mama ist ganz herzlos. Sie will Pauli weggeben.“

„Ach so.“ Der Papa kratzte sich hilflos am Kopf.

Als Tina im Bett lag, kam ihr Papa ins Zimmer und setzte sich auf die Bettkante.

„Ich glaube, wir müssen mal reden, meine Prinzessin.“

„Hm“, brummte Tina bloß.

„Sieh mal: Pauli gehört dir nicht. Er lebt im Katzenhaus. Und es ist das Ziel dieser Einrichtung, ein neues Zuhause für die dort lebenden Katzen zu finden. Es wäre das Beste, wenn Pauli irgendwo untergebracht wird, wo er von keiner anderen Katze Konkurrenz bekommt. Du willst doch, dass Pauli glücklich ist, oder?“

„Ja! Aber wäre es nicht einfacher, den schwarzen Kater schnell zu vermitteln?“

Der Papa lächelte. „Ja, das wäre natürlich auch eine Möglichkeit. Man muss eben sehen, wer zuerst ein neues Zuhause findet."
In dieser Nacht konnte Tina lange nicht einschlafen. Die ganze Zeit dachte sie an den armen Pauli. Und dann kam ihr ein genialer Gedanke. Warum kam Pauli nicht einfach zu ihnen? Ihre Katze Susi war vor einem halben Jahr gestorben. Sie hatten doch Platz für den Kater!
Am nächsten Morgen – ein Sonntag – erklärte Tina gleich ihre Idee.
„Aber du weißt doch, dass Papa keine Katze mehr möchte", widersprach die Mama.
„Warum denn nicht?" fragte Tina trotzig. „Ich kümmere mich um Pauli. Ihr habt gar keine Arbeit mit ihm. Wirklich!"
„Und an wem bleibt es hängen, wenn du in der Schule bist?" fragte der Papa. „An deiner Mama."
„Aber das macht Mama doch nichts!" triumphierte Tina.
„So?" fragte diese.
„Na klar, sonst würdest du dich ja nicht auch um die Katzen im Katzenhaus kümmern. Das macht dir doch Spaß. Bitte, Papa, Pauli soll zu uns kommen."
Der Papa seufzte. Eine Katze war schon eine Bereicherung. Aber er erinnerte sich auch, wie schwierig es in den Sommerferien war, wenn sie in Urlaub fuhren. Dann musste jemand gefunden werden, der sich um das Tier kümmerte. Und es

würde dann auch keine spontanen Wochenendurlaube mehr geben. Er war durchaus traurig, Susi verloren zu haben. Aber er fand doch auch Gefallen an der Ungebundenheit.
„Bitte Papa!“ flehte Tina. „Bitte!“
Auch die Mama warf ihrem Mann nun einen aufmunternden Blick zu.
„Also, ich denke darüber nach, ja?“
Glücklich fiel Tina ihrem Papa um den Hals.
Der murmelte hilflos: „He, ich habe gesagt, dass ich erst darüber nachdenke.“
Aber wie sollte sich ein Vater gegen zwei Katzenliebhaberinnen durchsetzen? Also ließ er sich am Abend mit ins Katzenhaus nehmen, um Pauli kennen zu lernen. Und da verstand er seine Tochter. Das arme Tier kauerte noch immer traurig in der kleinen Schachtel und maunzte kläglich.
„Er braucht ein neues Revier“, erklärte Tina. „Und bei uns wäre er wieder der Chef.“
„Das glaube ich auch“, lachte der Vater. „Also gut, du hast mich überredet. Wir nehmen Pauli zu uns.“
„Juhu!“ jubelte Tina. „Dann müssen wir ihm unbedingt so ein Kuschelkissen kaufen!“
Zwei Tage später zog Pauli in sein neues Zuhause. Tatsächlich wartete dort ein neues rotes Kissen auf ihn. Und nachdem er das neue Revier erst einmal untersucht hatte, legte er sich auch sofort auf das Kissen. Glücklich begann er zu schnurren.

„Jetzt bist du wieder der Herr im Haus!“ murmelte Tina und streichelte Pauli liebevoll. „Hier wird dich kein anderer Kater unterdrücken.“
Pauli lebte sich rasch ein. Wenn er nicht auf dem roten Kissen thronte, lag er zusammengerollt in Tinas Bett. Beide waren überglücklich, nun jeden Tag miteinander verbringen zu können.

Paulis Lieblingsplatz: das rote Kissen

Oje, diesen armen Pauli hätte ich am liebsten auch mit nach Hause genommen, während Mama erzählt hatte.
Nun hatte ich drei Katzengeschichten gehört, und jede Katze war vollkommen anders gewesen. Vielleicht war eine Katze als Haustier doch nicht so schlecht?
„Ich muss nun das Abendessen richten, Häschen“, meinte meine Mutter lächelnd und stand auf. „Du kannst ja derweil über Katzen nachdenken.“
„Das mach ich vielleicht sogar!“
„Ich bring dir nachher was ans Bett, okay?“

Ich nickte, obwohl ich immer noch keinen Appetit hatte.
Mama verließ mein Zimmer und ich kuschelte mich gedankenverloren unter die Decke. Und plötzlich fing es wieder an, mörderisch zu jucken. Diese Katzenschicksale hatten mich derart gefesselt, dass ich das Kratzen völlig vergessen hatte.
Ich nahm mir vor, Mama nach weiteren Geschichten zu fragen. Oder war ich zu alt dazu, um danach fragen zu können? Aber ich war krank! Und Krankheit entschuldigt Vieles. Außerdem wollte ich noch mehr über Katzen erfahren. Woher Mama nur so viel über diese Stubentiger wusste?
Meine Gedanken schweiften zu Pauli, zu Hexe und zu Lulu. Ich weiß nicht mehr, ob ich mich kratzte, bevor ich entspannt eindöste.

5. Dolly, pass auf!

Ich bekam nicht mehr mit, wie Mama mir das Abendessen brachte. Ich wachte erst nachts um halb drei auf. Und dann konnte ich nicht mehr einschlafen, weil es mich wieder furchtbar juckte. Ich kratzte mich wie ein Weltmeister, obwohl ich das ja eigentlich nicht sollte. Ich wünschte mir, dass Mama mir eine spannende Geschichte erzählte, damit ich den Juckreiz vergaß. Aber das war um diese Uhrzeit natürlich unmöglich! Ich lenkte mich damit ab, von einem eigenen Kätzchen zu träumen. Dabei meldeten sich allerdings doch wieder Zweifel. Katzen waren sehr selbständige Tiere. Eigensinnig, hatte meine Mutter gestern gesagt. Sie waren nicht so anhänglich und nicht so gehorsam wie ein Hund, sondern taten, was sie wollten. Hexe und Lulu waren da ein gutes Beispiel. Okay, diese Eigenständigkeit hatte auch seinen Reiz! Ich grübelte und wusste nicht, was ich wollte. Vielleicht musste ich wirklich noch ein paar Dinge über Katzen hören, bevor ich mich entscheiden konnte. Und vielleicht sollte ich mit Mama einfach mal in ein Tierheim gehen? So ein Kätzchen in natura kennen lernen? Ich lächelte bei dem Gedanken und hoffte, dass ich bald wieder gesund sein würde. Gleich morgen würde ich Mama von meiner tollen Idee erzählen. Und während ich mich bereits auf einen Besuch im Tierheim freute, schlief ich zum Glück endlich wieder ein.

Um halb zehn brachte Mama mir mein Frühstück ans Bett. Kranksein hatte den Vorteil, dass man verwöhnt wurde.

„Musst du gleich wieder gehen?" fragte ich.

„Nein, wieso?" Mama setzte sich auch gleich auf den Stuhl neben meinem Bett.

Ich erzählte Mama von meinen Gedanken der letzten Nacht. Und sie fand die Idee mit dem Tierheim gut. Ich vertraute ihr aber auch meine Zweifel an. Mama lächelte nur.

„Katzen können auch sehr anhänglich sein, Lilo-Häschen."
„Aber nicht wie Hunde!" protestierte ich.
„Nicht ganz so wie Hunde, nein. Sie sind ja auch Katzen."
Wie ich es gehofft hatte, wusste Mama noch eine Katzengeschichte. Ich setzte mich im Bett aufrechter hin, zog mein Kissen in den Rücken und hörte gespannt zu.

„He, was hast du denn da im Schlepptau?" lachte Heiko, als er Fritz entdeckte.
„Brauchst wohl jemanden, der dich beschützt!" spottete auch Sebastian.
Die Clique begann zu lachen. Vergessen war der Fußball, mit dem sie eben noch gespielt hatten.
Fritz hasste diese Jungs. Sie waren einige Jahre älter als er und hänselten ihn immer, wenn sie ihn sahen. Meistens geschah dies auf dem Schulweg oder auf dem Pausenhof. Dieses Mal war es Nachmittag. Seine Mutter hatte ihn zum Bäcker geschickt, um vier Stück Kuchen zu kaufen. Es war unangemeldeter Besuch gekommen.
Fritz hatte sich erst geweigert. Wusste er doch genau, dass er am Bolzplatz vorbei musste und die verhassten Nachbarjungs dort bestimmt Fußball spielten.
„Kann das Tier wie ein Hund bellen, um uns einzuschüchtern?" spottete Heiko und zeigte auf die rotbraune Katze, die Fritz begleitete. Fritz hatte

mehrere Male versucht, Katze Dolly heim zu schicken. Aber sie folgte ihm wie ein kleiner Hund.
„Wahrscheinlich faucht sie und kratzt uns die Augen aus“, meinte Chris hämisch und tat einen großen Schritt auf Fritz und Dolly zu. Beide wichen zurück.
„Lasst mich doch in Ruhe!“ brummte Fritz und versuchte, sich an Chris vorbeizudrängen.
„Führst deine Mieze wohl Gassi!“ lachte dieser und versperrte Fritz wieder den Weg.
„Sie folgt mir einfach“, verteidigte sich Fritz hilflos. „Und jetzt lass mich vorbei.“ Er hatte befürchtet, dass es Spott geben würde, wenn Dolly dauernd neben ihm herlief.
„Sollen wir sie wieder heimschicken?“ fragte Chris böse. „Lauf, Mieze, los lauf!“ Er versuchte, nach Dolly zu treten. Doch diese sprang entsetzt zur Seite.
„Lasst Dolly in Ruhe. Sie ist doch bloß ’ne Katze!“ Doch Fritz’ Worte trafen auf taube Ohren.
„Ksch!“ fuhr Heiko Dolly an. „Ksch!“
„Buh!“ machte Chris laut und fuchtelte vor Dollys Nase.
„Pass auf, Chris“, lachte Heiko. „Gleich beißt sie dich.“
Dolly biss nicht, aber sie fauchte die drei Jungs verängstigt und verärgert an.
„Komm Dolly“, brummte Fritz.
Doch Dolly hatte die Ohren angelegt und fauchte wie eine Wildkatze. Die drei Jungs lachten bloß und scheuchten die arme Katze. Als Dolly einen Baum

erblickte, sprang sie mit einem Satz den Stamm hinauf und blieb weit oben sitzen. Dort war sie in Sicherheit. Böse fauchte sie die Jungs von dort oben noch einmal an.

„Ihr seid ja blöd!“ schrie Fritz und versuchte, Dolly wieder herunter zu locken. Doch die Katzendame dachte gar nicht daran, ihren sicheren Platz wieder zu verlassen. Zwar beruhigte sie sich, als sie die Stimme ihres jungen Freundes hörte, aber den Baum verließ sie auf keinen Fall.

Dolly hat sich auf den Baum gerettet

„Tja, das tut uns aber leid!“ spottete Sebastian.
„Wer beschützt dich jetzt?“ fragte Heiko und trat sehr dicht an Fritz heran. Dieser wich zurück. Als Heiko nach ihm trat, rannte Fritz davon. Heikos Freunde waren mit der Katze beschäftigt. Fritz hatte freie Bahn.

Dolly folgte Fritz nicht. Stattdessen kletterte sie noch höher, bis die halbstarken Jungs sie kaum noch sahen. Da Fritz nun auch weg war, wendeten diese sich wieder ihrem Fußball zu.

Fritz besorgte inzwischen die Kuchenstücke. Er war hin und her gerissen, ob er lieber den langen Umweg nach Hause gehen sollte. Was aber geschah dann mit der armen Dolly? Er fürchtete, dass diese fiesen Jungs Dolly quälen könnten.

Auf der anderen Seite saß sie da oben sicher im Baum und konnte ihn in aller Ruhe verlassen, wenn die Jungs heimgehen mussten.

Also entschied sich Fritz für den Umweg. Seine Mama würde schimpfen, denn er würde bestimmt eine halbe Stunde länger brauchen. Aber Fritz fürchtete, dass die Kuchenstücke eine Begegnung mit Heiko und seinen Freunden nicht überstehen würden.

Dolly saß inzwischen hoch oben in einer Astgabel und sah sich nach einem Plätzchen um, wo sie gemütlich auf ihren kleinen Freund warten könnte. Dann allerdings wurde sie von ein paar Vögeln abgelenkt, und sie vergaß Fritz. Sie schaute den Vögeln eine Weile zu, bis diese die Katze entdeckten und den

Baum wechselten. Dollys Aufmerksamkeit wurde nun auf einige Fußgänger gelenkt. Und nach einer Weile schaute sie den Jungs beim Kicken zu.
Hier war ja richtig was los in dieser Gegend. Ihr Revier, in dem sie sich sonst aufhielt, war viel kleiner. Und da drüben konnte sie auch einige Wiesen entdecken, auf denen man bestimmt toll herumtoben konnte.
Dolly schloss die Augen und träumte im Sitzen vom Mäusefangen und Vögeljagen. Sie träumte, an herrlichen Blumen zu schnuppern und an frischem Gras zu knabbern.
Dolly streckte sich und wäre beinahe vom Baum gefallen.
Ach, diese dummen Jungs waren ja immer noch da unten. Wann würden sie gehen, damit sie heim konnte?
Denn obwohl sie vom Abenteuer träumte, faulenzte sie doch noch lieber daheim auf der Couch oder auf der Fensterbank. Und sie hatte ja auch ihren eigenen kleinen Garten, in dem sie durchaus schon öfter Mäuse gefangen hatte.
Nichts wie heim, fand Dolly nun. Heim zu liebevollen Händen, die sie streichelten und kraulten. Heim zu Menschen, die sich freuten, wenn sie schnurrte. Ja, und dann spürte sie plötzlich einen riesigen Hunger, und Dolly erinnerte sich an das leckere Fressen, das ihr Frauchen immer gab.

Aber da unten spielten immer noch die fiesen Jungs, die sie geärgert hatten.
Was war nun stärker? Die Angst vor den Jungs oder der Hunger?
Dolly beobachtete Heiko und seine Freunde eine ganze Weile aufmerksam. Die drei schienen sie vergessen zu haben. Vielleicht konnte sie sich vorbei schleichen. Ja, der Hunger war doch größer.
Leise pirschte sich Dolly von Ast zu Ast, immer die Jungs im Blick. Notfalls würde sie einfach schnell wieder den Baum hochklettern.
Doch die drei hatten Dolly wohl vergessen. Vielleicht warteten sie auch darauf, dass Fritz wieder vorbeikam. Dolly sprang leichtfüßig auf den Boden und duckte sich tief ins Gras. Sie lauerte, ob sie sich gegen die Jungs wehren musste und entschied, dass wohl keine Gefahr mehr drohte.
Sie rannte los.
Und in dem Moment entdeckte Sebastian sie: „He, guckt mal, die Katze hat sich runtergetraut."
„Blödes Katzenvieh!" brüllte Chris und hob einen Stein auf.
„Was soll das denn?" fragte Heiko und hielt den Arm seines Freundes fest.
„Was denn?" fauchte dieser. „Lass mich doch!"
Er riss sich von Heiko los und wollte den Stein werfen. Doch Dolly war schon verschwunden.
„Mann, jetzt ist sie weg!" knurrte Chris.

„Du wolltest einen Stein nach ihr werfen?“ fragte Heiko ungläubig.
„Ja, klar!“
„Ich glaube, du spinnst!“
„Wieso? Ist doch bloß ’n dummes Katzenvieh, das auch noch Fritz gehört.“
„Eben“, mischte sich Sebastian ein. „Hast doch vorhin auch mitgemacht, die Katze zu scheuchen.“
„Ja, aber das ist ja wohl ’n Unterschied! Ich hab’ keinen Stein nach ihr geworfen.“
„Machst du jetzt einen auf tierlieb, oder was?“ knurrte Chris böse.
„N…nein. Ich meine ja auch nur … das hätte voll den Ärger gegeben, wenn du die Katze verletzt hättest.“
„Hätte uns doch keiner beweisen können“, widersprach Sebastian. „Ich finde, du bist gerade ganz komisch.“
„Unsinn!“ Heiko winkte ab. „Jetzt lasst uns weiterspielen.“
„Nee“, brummte Chris. „Keine Lust mehr. Ich geh heim. Komm, Basti!“
Die zwei ließen Heiko zurück. Dieser war unschlüssig, was er tun sollte. Er fühlte sich gerade richtig mies. Sie hielten daheim keine Haustiere. Warum also hatte es ihm leid getan, dass Chris einen Stein nach der Katze hatte werfen wollen?
Den kleinen Fritz ärgern, das war eine Sache! Aber eine hilflose Katze quälen und verletzen – das brachte Heiko nicht fertig. Vielleicht lag es daran, dass ihm

plötzlich Omas Katze eingefallen war. Als er noch ein kleiner Junge gewesen war, hatte der kleine Stubentiger oft auf seinem Schoß gelegen. Jetzt lebte die Oma im Altersheim und durfte sich keine Katze mehr halten.

Nachdenklich machte sich Heiko auf den Heimweg. Eigentlich fand er es plötzlich voll nett, dass Dolly so anhänglich war und ihrem Fritz folgte.

Plötzlich fand er auch seine Freunde blöd. Sie waren doch gar keine wirklichen Freunde! Wenn sie zusammen waren, machten sie sich immer nur einen Spaß daraus, jüngere Kinder zu ärgern. Hatte er das wirklich nötig?

Am nächsten Tag ging Heiko Sebastian und Chris aus dem Weg.

Als er auf dem Schulhof Fritz sah, trat er auf ihn zu. Dieser wich entsetzt zurück.

„He, keine Angst“, brummte Heiko. „Wollte nur fragen, wie es deiner Katze geht.“

„Was?“ entfuhr es Fritz verdutzt.

„Na, sie ist doch hoffentlich wieder daheim, oder?“

„J…ja, klar“, stotterte Fritz.

„Und wie geht es ihr?“

„Äh, gut …ja!“

Heiko nickte. „Süße Katze übrigens.“ Er drehte sich um und ging cool davon.

Fritz schaute ihm ziemlich belämmert nach. War das nun ernst gemeint? Oder hatte Heiko ihn auf den Arm genommen?

Seit diesem Vorfall ließ Heiko Fritz in Ruhe.
Sebastian und Chris fühlten sich ohne ihren dritten Mann wohl nicht stark genug, denn auch sie ließen Fritz in Ruhe.
Daheim knuddelte Fritz seine Dolly und murmelte nur verständnislos: „Keine Ahnung, was du mit Heiko angestellt hast. Aber du hast es gut gemacht."

Ich war sehr berührt von dieser Geschichte. Ohne es zu wissen, hatte Dolly in Heikos Herz etwas verändert. Eine Geschichte mit Gefühl. Mama steigerte sich.
„Oh, Katzen haben tatsächlich oft einen großen Einfluss auf die Seele von uns Menschen", erklärte sie mir. „Da kann ich dir etwas sehr Anrührendes von Luisa und Kater Felix erzählen." Mama schien ihre Arbeiten im Haushalt vergessen zu haben. Ich merkte, dass sie genauso viel Spaß an den Geschichten hatte wie ich.

6. Kater Felix

„Danke, dass Sie uns zum Kaffee eingeladen haben", sagte Luisas Mutter zu ihrer neuen Nachbarin, als sie und Luisa die Wohnung betraten.
„Na klar doch", erwiderte die Nachbarin, die eine Tochter in Luisas Alter hatte. „Sie sind ja noch ganz

fremd hier in der Gegend. Und ich dachte, so könnten sich Luisa und Tanja ein bisschen kennen lernen."
Sie rief nach ihrer Tochter. Die beiden Mädchen kannten sich bereits aus der Schule. Luisa ging seit einer Woche in Tanjas Klasse. Tanja aber hatte bereits ihre Freundinnen und wollte von ihrer neuen Nachbarin nichts wissen.
„Die ist so langweilig", hatte sie vorhin ihrer Mutter vorgejammert. „Sie lacht nie, redet nichts und steht immer nur abseits. Die ist voll komisch."
Trotzdem musste sie diesen Nachmittag nun mit Luisa verbringen, während ihre Mütter auf dem Balkon Kaffee tranken.
Es war ein warmer Frühlingstag. Tanja nahm Luisa widerwillig mit hinaus auf den Hof. Was sollte sie mit dem langweiligen Mädchen nur anfangen?
Oben seufzte Luisas Mutter. „Luisa nimmt der Umzug schwer mit. Ich hätte nicht gedacht, dass sie so sehr darunter leidet."
Sie waren von Hamburg in die Stuttgarter Gegend gezogen. Viele hundert Kilometer weit weg von Luisas Freunden, ihrer Schule, ihrem Handballverein. Aber der Vater hatte geschäftlich nach Stuttgart wechseln müssen. Was war ihnen anderes übrig geblieben, als mitten im Schuljahr umzuziehen?
„Sie macht einen sehr traurigen Eindruck", meinte Tanjas Mutter mitfühlend. „Vielleicht freunden sich unsere beiden Mädchen ja an. Das würde Luisa gut tun."

Aber bereits nach einer Stunde kamen die Mädchen wieder hoch in die Wohnung. Während Luisa zur Toilette ging, winkte Tanja ihre Mutter in die Küche. Dort schimpfte sie gleich los: „Ich kann mit der nicht richtig spielen. Das ist voll ätzend."
„Für Luisa ist doch alles fremd hier. Sie muss sich erst eingewöhnen."
„Aber sie könnte doch wenigstens ein bisschen mitmachen. Beim Gummihüpfen strengt sie sich überhaupt nicht an. Und als ich „Himmel und Hölle" aufgemalt habe, hat sie mir nicht mal geholfen. Und wenn ich sie was frage, antwortet sie nicht richtig."
„Das liegt vielleicht auch an unserem schwäbischen Dialekt. Die Leute aus Hamburg tun sich da schwer."
„Ach Quatsch. Ich glaube, die blöde Nudel wollte gar nicht, dass wir sie einladen. Sie ist nur genervt. Und ich bin es auch!"
„Jetzt sei nicht so! Überleg mal, du würdest so plötzlich nach Hamburg ziehen müssen."
Tanja und ihre Mutter gingen zurück auf den Balkon, wo Luisa inzwischen neben ihrer Mutter saß. Als diese die beiden kommen sah, wischte sie sich schnell heimlich einige Tränen weg.
„Du könntest doch mit Tanja in den Turnverein gehen", schlug Tanjas Mutter vor.
„Mama!" flüsterte diese entsetzt.
Doch Luisa schüttelte bloß den Kopf. „Turnen mag ich nicht", brummte sie.

„Sie war daheim im Handballverein“, erklärte ihre Mutter. „Wir schauen, dass du hier auch in einem Handballverein unter kommst, okay?“
„Nein! Ich will wieder heim nach Hamburg.“
Tanja verdrehte die Augen.
„Wollt ihr nicht irgendetwas anderes spielen?“ fragte Tanjas Mutter.
„Nein!“ antworteten beide Mädchen gleichzeitig.
„Na, dann esst halt jeder ein Stück Apfelkuchen. Möchtet ihr einen Kakao dazu?“ Als Tanjas Mutter in die Küche ging, um den Kakao zu holen, folgte eine erdrückende Stille am Kaffeetisch. Luisa knabberte lustlos an ihrem Kuchen. Sie wollte heim zu ihrer Freundin Sybille. Mit ihr hatte sie bisher alles geteilt. Sie waren in der Schule nebeneinander gesessen, waren beide in den Handballverein gegangen und hatten jede freie Minute miteinander verbracht.
Und dann dieses furchtbare Schwäbisch! Wenn sie sich anstrengte, verstand sie schon das meiste. Aber es klang so seltsam fremd. Die Leute hier waren ganz anders. Luisa hatte das Gefühl, im Ausland gelandet zu sein.
„So, hier ist der Kakao“, Tanjas Mutter kam wieder zurück. „Ich habe auch noch jemanden mitgebracht.“
Noch jemanden, dachte Luisa genervt.
„Miau“, machte es jedoch nur.
Tanjas Mutter lächelte. „Unser Kater Felix. Er ist gerade wach geworden und muss nun natürlich gucken, was hier los ist. Er könnte ja was verpassen.“

Felix beschnupperte erst Luisas Beine, dann die ihrer Mutter. Als er seine Neugierde befriedigt hatte, stellte er sich neben Tanjas Mutter und maunzte. Diese nahm den Kater hoch, und er rollte sich sofort auf ihrem Schoß zusammen.
Luisas Mutter rümpfte darüber leicht die Nase. Bei ihr dürfte ein Tier nicht mit an den Tisch kommen. Das war doch unhygienisch!
Aber auch für Tanja schien das ganz normal. In der einen Hand hielt sie ihren Kuchen, mit der anderen streichelte sie immer wieder den schwarz-weißen Felix.
„Wir gehen dann bald wieder“, meinte Luisas Mutter, die sich zusammen mit der Katze am Tisch nicht wohl fühlte.
„Warte doch!“ flüsterte ihre Tochter überraschenderweise. Und zu Tanjas Mutter: „Darf ich Felix auch streicheln?“
„Na klar. Der ist ganz lieb.“
Luisa hatte noch nie eine Katze gestreichelt. Sybille hatte zwei Kaninchen, die Luisa schon oft auf dem Arm gehabt hatte. Sie hatte das immer sehr genossen. Das weiche Fell, die süßen Augen.
Luisa beugte sich zu Felix hinüber und streichelte ihn vorsichtig. Sofort begann der Kater zu schnurren und die Äuglein zuzudrücken.
„Scheint ihm zu gefallen“, lächelte Tanjas Mutter. „Du musst ihn an den Ohren kraulen. Das liebt er besonders.“

Tatsächlich. Sofort rieb Felix sein Köpfchen vor Begeisterung in Luisas Hand, und dann leckte er ihre Hand ab. Luisas Mund verzog sich zu einem Lachen. „Das kitzelt."
Luisas Mutter war nicht sehr begeistert, dass sich ihre Tochter von einer Katze abschlecken ließ. Aber zum ersten Mal seit Wochen sah sie Luisa wieder lachen, also sagte sie lieber nichts.
„Der ist ja voll süß", freute sich Luisa und kraulte Felix eifrig weiter.
Tanja beobachtete die Szene mit gemischten Gefühlen. Einerseits war sie eifersüchtig, dass Felix sich ausgerechnet von dieser doofen Ziege streicheln ließ. Andererseits stieg Luisa in ihrem Ansehen, weil sie Tiere scheinbar mochte. Hätte sie ihr nicht zugetraut.
Plötzlich entdeckte Felix den Bändel von Luisas Kapuzenshirt und begann, ihn mit der Pfote anzustupsen. Der Bändel schien sehr interessant, denn Felix setzte sich nun aufrecht hin. Er versuchte, in sein neues Spielzeug zu beißen, aber das blaue Ding baumelte hin und her und war schwer zu fangen.
„Oh Mann, du bist ja putzig!" lachte Luisa. So etwas hatte es bei den Kaninchen nie gegeben.
Nun wurde es Felix zu dumm. War doch anstrengend, nach einem Bändel zu haschen, der sich auf einem anderen Stuhl befand. Kurzerhand hopste er auf Luisas Schoß, und schon hatte er das neue Spielzeug zwischen den Zähnen.

Luisa war erst überrascht und etwas hilflos. Aber Tanjas Mutter nickte ihr aufmunternd zu, und so kraulte Luisa den Kater am Kopf. Dieser schnurrte eifrig, ohne seine Eroberung loszulassen.
„Ich glaube, der mag dich“, meldete sich nun endlich Tanja zu Wort. „Felix ist bisher noch nie jemand Fremdes auf den Schoß gehüpft.“
Luisa lächelte stolz.
„Komm“, forderte Tanja sie auf. „Da drüben liegt Felix’ Stoffmaus. Ist voll lustig, wenn er mit der spielt.“ Tanja erhob sich, holte die Maus und hielt sie Luisa hin. „Schmeiß sie ins Wohnzimmer!“
Luisa wollte eigentlich nicht, dass der Kater ging. Es fühlte sich so gut an, wenn er auf ihrem Schoß saß. Aber Felix war wohl tatsächlich in Spiellaune. Denn er hatte schon seine Maus erspäht und peitschte sie mit seiner Pfote aus Luisas Hand. Die Maus fiel auf den Boden, und Felix sprang hinterher.
„Hier auf dem Balkon ist zu wenig Platz“, meinte Tanja. „Komm, wirf sie ins Wohnzimmer.“
Luisa ließ sich nicht lange bitten, nahm dem Kater die Maus weg und warf. Mit einem Satz sprang Felix die Maus an, warf sie in die Luft, biss in sie hinein, tollte mit ihr herum. Luisa kicherte. Nach einer Weile nahm Felix die Maus ins Maul und trug sie zu Luisa und Tanja zurück.
„Er will, dass du sie wieder wirfst“, erklärte Tanja.
Also warf Luisa die Maus erneut. Und wieder fiel der Kater über das kleine graue Fellbündel her. Vor lauter

Lebensfreude wälzte er sich auf den Rücken und hielt die Maus mit den Krallen fest.

Felix tollt wild mit der Maus herum

„Mann, ist das goldig“, entfuhr es Luisa, die den Kater am liebsten an seinem weißen Bauch gekrault hätte.

„Wir können sie auch mal unter dem Läufer verstecken“, schlug Tanja leise vor. Sie schob die Maus hinunter, und sofort hechtete Felix auf den Läufer. Erst jetzt sah Luisa, dass der Läufer schon ganz zerkratzt war. Felix schien hier oft zu spielen. Der Kater haute seine Krallen in den Flickenteppich und biss hinein. Als er merkte, dass er so die Maus nicht zu fassen bekam, kroch er unter den Läufer. Und schon bald war der Läufer ganz zerknüllt und ein stolzer Kater kam mit der Maus im Mäulchen zurück zu den Mädels.

Luisa warf die Maus hoch in die Luft. Doch Felix beachtete die Maus dieses Mal gar nicht.
„Mag er jetzt nicht mehr spielen?“ fragte Luisa enttäuscht.
„Doch, bestimmt. Aber er tut immer so, als würde ihn das jetzt alles nicht mehr interessieren. Und wenn wir nicht mehr damit rechnen, dann legt er wieder richtig los.“
Doch Felix ließ sich viel Zeit. Er begann sogar, sich zu putzen, ignorierte die Spielmaus neben sich völlig.
„Vielleicht mag er ja wirklich nicht mehr“, murmelte Tanja und wandte sich schon ab. Und in dem Moment fiel Felix das Spielzeug an. Luisa und Tanja setzten sich wieder und beobachteten den Kater vom Balkon aus, wie er die Maus mit Krallen und Zähnen bearbeitete. Als er sie halb zerfetzt hatte, wälzte er sich wieder zufrieden auf den Rücken und genoss einfach still seine hervorragende Arbeit.
„Können wir uns nicht auch eine Katze zulegen?“ fragte Luisa mit leuchtenden Augen. Ihre Mutter runzelte entsetzt die Stirn. Was das an Arbeit machen würde! Und überall würde womöglich Spielzeug herumliegen. Und was, wenn das Tier an den Möbeln kratzte?
„Bitte, Mama, bitte!“
„Im Mai kommen junge Kätzchen zur Welt“, erklärte Tanjas Mutter, die sofort begriff, dass eine Katze Luisa das Einleben erleichtern würde. „Auf den

Bauernhöfen hier in der Gegend gibt es dann Ende Juni immer Kätzchen zum Abgeben."
„Ach, aber wir haben ja erst Mitte April", murmelte Luisa enttäuscht.
Luisas Mutter legte ihre Hand auf den Arm ihrer Tochter. „Ich weiß nicht. Der Wunsch nach einer Katze kommt doch sehr plötzlich. Was, wenn du dann das Interesse an dem Tier verlierst? Und außerdem haben Papa und ich keinerlei Erfahrung mit Haustieren."
„Ach, Mama, bitte!"
Inzwischen kam Felix wieder auf den Balkon zurückgetrottet. So ganz allein im Wohnzimmer war es doch langweilig. Seltsamerweise maunzte er dieses Mal nicht Tanjas Mutter an, sondern Luisa. Und dann sprang er ihr einfach auf den Schoß.
„Ich glaube, Ihrer Tochter würde eine Katze sehr gut tun", flüsterte Tanjas Mutter.
Diese nickte. „Ja, ich sehe ja selbst, wie glücklich sie plötzlich ist. – Ich rede heute abend mit Papa darüber, ja?"
Als Luisa und ihre Mutter in ihre eigene Wohnung zurückkehrten, hüpfte Luisa zum ersten Mal seit Wochen wieder fröhlich umher. „Ich darf Felix doch oft besuchen, oder?"
„Wenn Tanja nichts dagegen hat."
„Ach, bestimmt nicht. Sie ist ja doch ganz nett."
Daheim schrieb Luisa einen Brief an Sybille. Noch heute morgen hatte sie vorgehabt, ihrer Freundin

etwas vorzujammern. Jetzt jedoch klang der Brief ganz fröhlich. Sie schrieb von Felix.
Hoffentlich stimmten Mama und Papa einer Katze zu. Wenn sie regelmäßig Felix besuchen durfte, würde sie sogar noch einige Wochen auf ein junges Kätzchen warten können.
Luisa träumte bereits davon, wie das kleine Kätzchen in ihrem Bett schlief, auf ihrem Schoß lag und wie sie miteinander herumtoben würden. Und mit Tanja könnte sie dann über Katzen plaudern.
Vielleicht war das Leben hier bei den Schwaben ja doch nicht so schlecht.
Luisa bekam vorerst leider doch kein eigenes Kätzchen. Aber sie freundete sich mit Felix und Tanja an. Und so kam es, dass sich Luisa dank Felix bis zum Ende des Schuljahres tatsächlich eingelebt hatte.

Mama brachte mir am Nachmittag ein Magazin über Katzen mit: „Mein Freund, die Katze“! Ich machte mich auch gleich darüber her. Manches war mir zu hochgestochen. Und die vielen Berichte über Rassekatzen fand ich langweilig. Aber die Bilder gefielen mir sehr gut. Vor allem die Seite mit den Schnappschüssen sah ich mir sehr lange an. Eine getigerte Katze schlief zusammengerollt auf einem Schaffell, ein junger, ganz schwarzer Wuschel raufte mit einem rötlichen, größeren Freund, und eine zierliche graue Schönheit gähnte herzlich in die Kamera. Echt voll goldig!

Ich riss mich von den Schnappschüssen los und blätterte weiter. Ich blieb an einem interessanten Bericht über innige Katzenfreundschaften und nur geduldeten Katzenmitbewohnern hängen. Als Mama am Abend nach mir schaute, wusste sie sogar eine süße Geschichte, in der sich zwei Katzen anfreundeten...

7. Eine Freundin für Maxi

Bennys Vater fuhr das Auto in die Garage, während Benny mit seiner Sporttasche schon mal zur Haustür ging. Er warf einen Blick auf den alten gepolsterten Holzstuhl, der an der Hausecke stand. Kater Maxi lag oft auf dem Stuhl, wenn er sich vom Herumtoben ausruhen musste. Doch es war nicht Maxi, der auf dem Stuhl lag. „Ja, wer bist du denn?" fragte Benny verblüfft, als er die braun getigerte Katze entdeckte. Diese nahm Reißaus, als Benny auf sie zuging. Wahrscheinlich die Katze eines Nachbarn, vermutete Benny.
In den nächsten Tagen fiel Benny auf, dass sich die fremde Katze fast täglich in das Stuhlpolster kuschelte. Er sprach seinen Vater darauf an.
„Ja, ich habe die fremde Katze auch schon öfter gesehen. Vielleicht sucht sie Schutz vor der Kälte. Da

der Stuhl unter unserem Balkon steht, ist es da fast windstill."
„Wem die Katze wohl gehört?" fragte Benny.
„Ist doch egal. Solange sie mit unserem Maxi nicht aneinander gerät."
Bennys Vater hatte eine Katzenleiter konstruiert, die vom Balkon hinunter in den Hof führte. Und in die Balkontür hatte er eine Katzenklappe gebaut. So konnte Maxi raus und rein, wann er wollte. Maxi war ein zweijähriger, grau getigerter Kater, der es liebte, nachts durch sein Revier zu streifen. War die fremde Katze ein Rivale?
Noch jedenfalls kam Maxi nicht mit irgendwelchen Verletzungen von seinen Streifzügen zurück.
Maxi und seine Menschenfamilie duldeten also, dass die andere Katze seinen Stuhl benutzte. Doch beim Stuhl blieb es nicht. Der Herbst wurde immer kälter – und der braune Tiger suchte einen warmen Platz. Vielleicht erreichte man ja über die Katzentreppe eine kuschelige Höhle? Die fremde Katze beobachtete schon lange, wie Maxi täglich rauf und runter kletterte.
Und so saß die braune Tigerkatze eines Morgens auf dem Balkon. Mit der Katzenklappe wusste sie nichts anzufangen. Besonders warm war es hier nicht. Aber vielleicht musste sie einfach warten, bis Maxi kam!
Maxi aber war bereits in der Wohnung und fiel gerade über sein Futter her. Doch die braune Katze hatte Glück. Maxis Frauchen hatte noch nicht gelüftet. Die

Katze drückte sich ins Eck, als das Frauchen die Balkontür öffnete. Und als die Luft rein schien, huschte sie ins Wohnzimmer. Ah, hier war es schön warm. Wo konnte sie bleiben, ohne entdeckt zu werden? Sie kroch hinter das blaue Sofa und lugte immer wieder neugierig vor. Dann entdeckte sie Maxi, wie er sich genüsslich sein Mäulchen abschleckte. Und da merkte sie, dass sie enormen Hunger hatte. Als Maxi sich aufs Sofa gekuschelt hatte, schlich die fremde Katze an ihm vorbei in die Richtung, aus der er gekommen war. Sie erreichte die Küche und entdeckte einen fast geleerten Napf. Der Hunger war so groß, dass sie jede Vorsicht außer Acht ließ und sich über die Reste hermachte. Ruck zuck war der Napf sauber ausgeschleckt. Und schon hing ihr Köpfchen im Napf mit dem Trockenfutter.

Maxi hörte, dass da jemand an seinem Futter war und rannte in die Küche. In dem Moment kam auch die Mutter in die Küche. Das war dann doch zuviel für die fremde Katze. In Panik wetzte sie zurück ins Wohnzimmer und versteckte sich wieder hinter dem Sofa.

Maxi rannte sofort hinterher.

„Maxi, lass die arme Katze in Ruhe!“ meinte die Mutter, die Angst hatte, dass der Kater der fremden Katze was antun könnte. Doch Maxi begnügte sich damit, die fremde Katze erst einmal anzufauchen.

Als Benny von der Schule kam, begrüßte seine Mutter ihn anders als sonst: „Mach dich auf eine Überraschung gefasst“, sagte sie lächelnd.
„Wieso? Was ist?“
„Geh mal ins Wohnzimmer.“
Benny warf seinen Ranzen ins Eck und rannte los.
„Langsam!“ warnte seine Mutter. „Du erschreckst sie sonst.“
Nun war Benny sehr neugierig. Wen oder was würde er im Wohnzimmer antreffen?
„Das gibt’s doch nicht!“ entfuhr es ihm leise, als er die fremde Katze zusammen mit Maxi auf dem Sofa liegen sah. Die beiden hatten sich aneinander gekuschelt.
„Ich glaube, die kennen sich schon von draußen“, vermutete die Mutter.
„Du meinst, sie ist Maxi gefolgt?“
„Keine Ahnung. Plötzlich saß sie in der Küche und hat sich über das Futter hergemacht.“
„Hoffentlich vermissen ihre Besitzer sie nicht.“
„Ich weiß nicht, ob sie jemandem gehört. Sie streunt ja schon seit Wochen vor unserem Haus herum. Und – ehrlich gesagt – sehr gepflegt sieht sie nicht aus.“
Benny ging näher zu den Katzen hin. Ja, das Fell der fremden Katze war etwas stumpf. Und aus dem rechten Auge lief Eiter. Benny streckte eine Hand nach dem braunen Tiger aus. „Na du?“

Doch das war zu nah. Mit einem Satz war die Katze vom Sofa unten und versteckte sich verschüchtert wieder dahinter.
„Die hat ja ganz schön Angst“, brummte Benny enttäuscht.
Maxi blickte Benny ärgerlich an und hopste ebenfalls auf den Boden. Er gesellte sich zu seiner neuen Freundin hinter das Sofa.
„Maxi denkt wohl, er muss die arme Katze beschützen“, lachte Benny.
„Komm, wir lassen die beiden allein. Das Essen ist sowieso fertig.“
Während Benny und seine Mutter aßen, traute sich die Besuchskatze wieder hervor. Und bald kuschelten die beiden Katzen wieder auf dem Sofa.
Als der Vater am Abend von der Arbeit kam, war die Besuchskatze noch immer in der Wohnung. Sie und Maxi waren unzertrennlich. Inzwischen lagen sie nicht mehr auf dem Sofa, sie saßen gemeinsam auf der Fensterbank und schauten in die Dämmerung hinaus. Sie beobachteten Vögel und Blätter, die von den Bäumen fielen.
Sie hatten inzwischen auch beide schon gefressen. Benny hatte der neuen Katze einen eigenen Napf hingestellt. Sie war wohl sehr ausgehungert, denn sie schlang das Futter nur so hinunter und hätte fast auch noch Maxi von seinem Napf verdrängt. Doch beim Futter hörte die Freundschaft auf. Maxi versetzte seiner neuen Freundin einen warnenden Hieb.

Auch der Vater war sehr überrascht, die braune Katze plötzlich in der Wohnung vorzufinden. Er fand es putzig, wie die beiden auf der Fensterbank saßen und gespannt hinausblickten.
Nach einer Weile zog es Maxi hinaus in sein Revier – trotz der neuen Freundschaft. Er schleckte die Freundin noch einmal ab, sprang hinunter und verschwand durch die Katzenklappe. Die fremde Katze hopste ihm hinterher, blieb jedoch verwirrt vor der Katzenklappe stehen.
„Das muss sie noch lernen, wenn sie öfter zu Besuch kommt“, fand der Vater und öffnete für die Katze die Balkontür. Sofort huschte sie hinaus.
Früh am nächsten Morgen hopste Maxi zu Benny ins Bett. Es war etwa sechs Uhr. Doch er wollte mit dem Jungen nicht schmusen. Er weckte ihn, indem er sein Gesicht ableckte.
„Maxi, nicht!“ brummte Benny schläfrig und drehte sich um.
Maxi blieb hartnäckig und stupste ihn mit der Vorderpfote an. Als Benny nicht reagierte, hüpfte er auf ihn drauf und begann, ihn leicht mit den Krallen zu pieksen.
„Au, Maxi, lass das!“ Benny packte den Kater und setzte ihn auf den Boden. Da begann dieser, herzzerreißend zu maunzen. Benny seufzte und stand auf. „Hast du Hunger?“ fragte er und ging im Halbschlaf in die Küche. Doch Maxi jammerte weiter und rannte ins Wohnzimmer.

„Wenn du keinen Hunger hast, warum hast du mich dann geweckt?“ knurrte Benny verärgert. Maxi rannte zurück zu Benny, miaute durchdringend und wetzte wieder ins Wohnzimmer. „Was ist denn da?“ fragte Benny und folgte dem grauen Kater. Maxi setzte sich an die Balkontür. Und da hörte Benny ein Miauen von der anderen Seite der Tür. Bei dem Jungen fiel der Groschen. Er öffnete die Tür – und sofort war Maxis neue Freundin drin. Sie beschnüffelten sich, ehe Maxi nun doch in die Küche ging. Die andere Katze folgte. Benny gab beiden Futter und legte sich wieder ins Bett. Wenigsten eine halbe Stunde konnte er noch schlafen!

Von nun an war Maxis Freundin immer dabei. Sie ließ sich von den Menschen zwar nicht streicheln, aber mit Maxi schmuste sie für ihr Leben gern. Bald gehörte sie zur Familie.

Die beiden Katzen konnten stundenlang auf der Fensterbank sitzen und Vögel beobachten. Oft schliefen sie auch gemeinsam auf der schmalen Fensterbank, und Benny wunderte sich dann, dass die beiden nicht hinunterfielen. Wenn Maxi die Wohnung verließ, folgte die Freundin. Sie war überall, wo Maxi auch war. Manchmal wurde es dem Kater auch zu viel und er haute der Freundin eine runter. Dann verzog sie sich hinter das Sofa. Erst nach vielen Tagen traute sie sich, ohne Maxi irgendwo zu liegen – zum Beispiel in Bennys Bett. Sie akzeptierte auch irgendwann, dass Benny nebenan am Schreibtisch

Maxi und Mausi sind bald unzertrennlich

seine Hausaufgaben machte. Versuchte er allerdings, sie zu berühren, haute sie ab. Wie immer hinter das Sofa im Wohnzimmer.

Benny redete Maxis Freundin immer mit „Mausi“ an, weil er sie so süß fand. Und bald hieß sie auch bei seinen Eltern so. Sie hörte auf „Mausi“, wenn es Futter gab oder wenn man einfach mit ihr redete. Benny versuchte, Mausi zu zeigen, wie die Katzenklappe funktionierte. Doch Mausi saß nach zwei Wochen noch immer fragend davor und wunderte sich, warum Maxi da verschwinden konnte. Dann kam dem Papa die Idee, die Klappe eine Zeitlang hoch zu binden. Und tatsächlich: als das Loch offen war, schlüpfte nun auch Mausi hindurch.

Mausis Fell glänzte inzwischen wieder, nur das eine Auge tränte noch immer etwas. Eines Tages würde

Mausi zum Tierarzt müssen. Bennys Eltern wussten zwar noch nicht, wie sie das Tier in den Transportkorb kriegen sollten, aber es würde ihm nicht erspart bleiben.
Doch davon ahnte Mausi natürlich nichts. Sie war einfach nur froh, ein Zuhause und einen Freund gefunden zu haben. Auch die Menschen waren auf ihre Art ihre Freunde geworden. Und vielleicht würde sie sich ja eines Tages wie Maxi von ihnen streicheln lassen. Aber noch war es nicht soweit. Sie begnügte sich damit, die Menschen zu beobachten und schmuste lieber mit ihrem starken Maxi. Ansonsten hatte sie die Wohnung aber bereits erobert. Alles, was gemütlich war, wurde zu ihrem Schlafplatz. Ja, sie fühlte sich hier daheim!

„Gibt es denn viele streunende Katzen?" fragte ich meine Mama. Ich dachte dabei auch an Lulu. Der hatte ja auch kein Zuhause gehabt.
Mama nickte. „Leider gibt es viel zu viele Katzen, die wild auf der Straße leben. Ich rede dabei nicht von den natürlichen Wildkatzen in unseren Wäldern."
„Das gibt es auch?" fragte ich überrascht. „Meinst du Luchse?"
„Nein, richtige Katzen. Sie sind getigert und nur ein ganz klein bisschen größer als unsere Hauskatzen. Es gibt sie eigentlich nur noch in Naturschutzgebieten wie im Bayrischen Wald. Leider!" Mama seufzte.

„Woher weißt du eigentlich so viel über Katzen?" fragte ich neugierig.
Mama lächelte. „Wir hatten früher zwei. Und ich habe eine Vorliebe für Katzen."
„Warum haben wir dann nicht längst eine?" entfuhr es mir.
„Ich weiß nicht." Mama zuckte mit den Schultern. „Papa hat keinen Bezug zu Tieren. Und da ich ein paar Stunden in der Woche arbeite, habe ich vielleicht nicht genug Zeit für ein Kätzchen."
Ich hielt Mama das Katzenmagazin vor die Nase. „Aber du sehnst dich nach einer Katze, oder?" Ich zeigte auf das Erscheinungsdatum der Zeitschrift. „Die ist nämlich gar nicht ganz neu. Sie ist vom letzten Monat!"
Mama streichelte mir über die Haare. „Du bist ein schlaues Kerlchen, meine kleine Lilo. Manchmal überkommt es mich und ich kaufe die Zeitschrift. Und wenn ich sie dann lese, erinnere ich mich wehmütig an unsere beiden Katzen, mit denen ich aufgewachsen bin."
„Warum hast du das denn nie erzählt?" fragte ich beinahe vorwurfsvoll.
„Ich weiß nicht genau. Ich glaube, es war so ein bisschen mein Geheimnis. Meine ganz eigene Welt."
Mama lächelte mich an, aber ich war plötzlich durcheinander. Wir waren doch ihr Leben! Ich wäre nie auf den Gedanken gekommen, dass Mama auch so was wie eine eigene Welt brauchte. Dass ich so was

hatte, fand ich normal. Und mein kleiner Bruder auch. Aber Mama? Ich hatte bisher immer geglaubt, bei Mama würde sich alles nur um uns drehen!

Ich war verlegen. Aber Mama merkte es entweder nicht oder tat so, als sei alles in Ordnung. Sie knüpfte einfach wieder an das Streunende-Katzen-Thema an.

„Weißt du, viele nehmen ein Kätzchen bei sich auf. Aber wenn dann die Urlaubszeit kommt, dann finden sie das Tier plötzlich lästig und setzen es einfach aus."

„Wirklich?" entfuhr es mir. Das machte mich böse. „So was Herzloses! Gut, dass es so liebe Leute gibt wie Bennys Eltern, die einen Streuner wie Mausi bei sich aufnehmen."

„Ja, doch nicht alle herumstreunenden Katzen sind auch heimatlos."

Ich stöhnte. Mama machte immer alles so kompliziert.

„Na, dann erklär endlich, was du meinst!"

„Okay! Ich erzähle dir von Murmel und Charly ..."

8. Muss Murmel fort?

Manuela grübelte über der Matheaufgabe, während sie Murmel streichelte. Katze Murmel lag auf ihrem Schoß und schnurrte. Seit Murmel ihr bei den Hausaufgaben Gesellschaft leistete, machten diese mehr Spaß. Allerdings brauchte sie auch länger dafür,

weil sie die Katzendame oft streichelte. Und manchmal konnte sie nicht weitermachen, weil sich Murmel demonstrativ auf ihr Heft legte. Sie brachte es dann nicht übers Herz, die schwarze Katze vom Schreibtisch zu scheuchen.
Endlich fiel der Groschen und Manuela rechnete weiter. „Mau!“ kam ein vorwurfsvolles Meckern von Murmel.
„Ich kann dich nicht dauernd streicheln“, erklärte Manuela. „Die Schule geht vor.“
Das Mädchen vertiefte sich wieder in die Matheaufgabe und ignorierte die schwarze Mieze. Murmel gefiel das gar nicht. Als auch weiteres Maunzen nichts nützte, hopste sie beleidigt von Manuelas Schoß.
„Murmel, nun bleib doch!“ bat diese. Doch die Katze stellte sich vor die geschlossene Zimmertür und machte lautstark klar, dass sie das Zimmer verlassen wollte. Seufzend ließ Manuela Murmel raus. Vielleicht war es ja besser so. Dann konnte sie sich intensiver auf die Hausaufgaben konzentrieren.
Murmel lebte erst seit drei Wochen bei Manuelas Familie. Die schwarze Katze war im Garten von Bekannten herumgestreunt. Auf Dauer hatte sie sich aber mit den beiden dort lebenden Katzen nicht verstanden. Die Bekannten hatten überall nachgefragt, ob jemand eine schwarze Katze vermissen würde. Doch niemand hatte sich gemeldet. Manuelas Eltern waren einverstanden, die schwarze Katze

aufzunehmen. „Bevor sie ins Tierheim kommt!“ hatte die Mutter gesagt. Und Manuela war natürlich hellauf begeistert. Sie wählte den Namen Murmel, weil die schwarze Schönheit große grüne Kulleraugen hatte. Murmel schien Menschen gewöhnt zu sein, denn sie suchte immer die Nähe der Familienmitglieder. Nur die kleine zweijährige Teresa – genannt Tessy – mied sie. Tessy ging nicht liebevoll genug mit ihr um. Aber Manuela schloss Murmel gleich ins Herz.

Nachdem Murmel nun nicht genug Beachtung von ihrer kleinen Freundin bekommen hatte, trollte sie sich ins Wohnzimmer. Die Mama war beim Bügeln und streichelte die Katzendame auch nur kurz über den Kopf. Also entschied Murmel, es sich auf ihrem neuen Kratzbaum bequem zu machen. Mit drei leichtfüßigen Sprüngen war sie ganz oben und rollte sich in der Hängematte zusammen.

Das Telefon klingelte. Aber das scherte Murmel nicht. Sie war an den Lärm in dieser Familie schon gewöhnt. Eigentlich gefiel ihr der Trubel sogar. Hier war es nie langweilig!

„Ist es für mich?“ rief Manuela aus ihrem Zimmer.

„Nein!“

„Blöd“, brummte Manuela und setzte sich wieder an den Schreibtisch. Sie hatte gehofft, dass es ihre Freundin Pia wäre.

Etwa zehn Minuten später klopfte die Mama an Manuelas Zimmertür. Als sie hereinkam, sah diese

sofort, dass etwas passiert war. Die Mama schaute sie ganz sorgenvoll an.
„Was ist denn?“ fragte Manuela entsetzt.
„Ich muss dir was Trauriges sagen. Komm, wir setzen uns aufs Bett.“
Manuela spürte, dass sie plötzlich zitterte und wankte zum Bett hinüber. „Jetzt sag schon!“
„Es ist wegen Murmel.“
Die Mutter legte einen Arm um Manuelas Schulter. „Wir müssen Murmel wahrscheinlich wieder weggeben.“
„Was?“ entfuhr es dem Mädchen. „Warum denn? Sie ist doch so lieb. Sie mag uns. Sie gehört doch schon zu unserer Familie.“
„Ja, aber gerade hat uns ihr bisheriger Besitzer angerufen. Er vermisst sie schon seit über fünf Wochen. Er will Murmel heute Abend abholen.“
„Nein!“ rief Manuela verzweifelt. „Nein, nein, nein!“
„Doch, Manu, leider.“
„Nein!“ Dem Mädchen kamen die Tränen. „Ich will Murmel aber behalten.“ Manuela schluchzte herzzerreißend. „Nein! Nein!“ Zu mehr Worten war sie nicht fähig.
Die Mutter tröstete ihre Tochter wortlos. Auch ihr kamen die Tränen. Es schmerzte sie, dass sie ihrer Tochter so wehtun musste.
Als ob sie wüsste, dass es um sie ging, kam nun Murmel angetrottet. Verwundert schaute sie die zwei Frauen auf dem Bett an, stellte sich vor Manu und

maunzte. Manuela beugte sich hinunter und nahm die Katze hoch. „Ach, Murmel“, seufzte sie. „Du willst doch auch nicht weg. Oder?“ Sie drückte das Tierchen an sich und weinte in das glänzende schwarze Fell. Das war Murmel dann doch zu viel des Guten. „Mau!“ machte sie empört und strampelte sich frei. Sie hopste auf den Boden, blieb aber im Zimmer. Aus sicherer Entfernung, nämlich vom Schreibtisch aus, beobachtete sie die traurige Szene.

Als sich Manu etwas beruhigt hatte, meinte sie fast trotzig: „Es gibt doch viele schwarze Katzen. Wer sagt denn, dass Murmel die richtige ist?!“

„Aber der Mann wohnt nur einige Straßen weiter.“

„Woher hat er überhaupt unsere Telefonnummer?“

„Vom Tierheim. Unsere Bekannten haben doch dort nachgefragt, ob eine schwarze Katze vermisst wird. Und der Mann hat sich ans selbe Tierheim gewendet. Und so wurde er schließlich an uns weitervermittelt.“

„So’n Mist!“ brummte Manuela.

„Er schaut sich die Katze heute Abend an. Wenn es seine ist, nimmt er sie gleich mit.“

„Wir können sie verstecken.“

„Manu!“

„Ich will Murmel aber nicht verlieren.“

„Aber der Mann vermisst seine Katze. Er liebt sie genauso wie du, vielleicht noch mehr. Wir holen eine neue Katze aus dem Tierheim, okay?“

Manu zog nur einen Schmollmund.

„Jetzt sei ein starkes Mädchen!“

„Hm“, machte Manuela nur und setzte sich wortlos an den Schreibtisch. Dabei streichelte sie Murmel, die immer noch dort saß. Als die Mutter das Zimmer verließ, brach Manu wieder in Tränen aus.
Den ganzen Nachmittag verließ Manuela ihr Zimmer nicht mehr. Murmel hatte sich vor der klammernden Freundin in Sicherheit gebracht und lag wieder ahnungslos auf ihrem Kratzbaum.
Gegen sieben Uhr am Abend klingelte es an der Haustür. Der Mann, er stellte sich als Herr Riester vor, war um die fünfzig, trug einen Anzug und war am Bauch etwas fülliger.
Manuela hatte sich vorgenommen, das Zimmer auf keinen Fall zu verlassen. Aber nun war sie doch neugierig, wer da behauptete, der Besitzer von Murmel zu sein. Mit roten verheulten Augen kam sie ins Wohnzimmer. Murmel lag nicht mehr auf ihrem Kratzbaum. Sie hatte es sich auf dem Sofakissen bequem gemacht und schaute den Besucher mit ihren großen Kulleraugen neugierig an.
„Hallo Mohrle“, begrüßte der Fremde die Katze. Doch Murmel – oder Mohrle – setzte nur einen fragenden Blick auf.
„Sie ist bestimmt nicht Ihr Mohrle“, entfuhr es Manu. „Sie reagiert ja gar nicht drauf!“
„Manu!“ tadelte die Mutter und gab der Tochter einen Stups.
„Ist doch wahr!“ flüsterte die.

Herr Riester kraulte die Katze an den Ohren. Sofort begann sie zu schnurren. „Ich bin mir sehr sicher, dass das Mohrle ist“, meinte er und warf Manu einen fast mitleidigen Blick zu.
Manuela, die sich fest vorgenommen hatte, stark zu bleiben, kamen erneut die Tränen. „Bei uns heißt sie Murmel“, murmelte sie traurig. „Und sie hört sogar schon drauf.“
„Mama“, krähte es da plötzlich, und die kleine Tessy kam angerannt. Die Mutter nahm die jüngere Tochter auf den Arm. „Mummel“, plapperte sie und zeigte auf Murmel. Dabei lachte sie.
„Das ist Tessy, meine jüngste“, erklärte die Mutter.
Herr Riester nickte und versuchte, der Kleinen die Hand zu schütteln. Doch Tessy zog die Hand weg.
Manu hatte sich inzwischen zu Murmel geschlichen und streichelte sie leise weinend.
„Nun ja“, Herr Riester war die Situation unangenehm. „Dann hole ich nun schnell den Katzenkorb aus dem Auto.“
„Nein!“ rief Manu verzweifelt. „Murmel gehört doch nun zu uns.“ Und sie begann laut zu schluchzen. Noch ehe die Mama etwas zu Manu sagen konnte, brüllte auch Tessy los. Murmel hüpfte erschreckt von der Couch und brachte sich auf dem Kratzbaum in Sicherheit.
Herr Riester beobachtete die Szene mit gemischten Gefühlen. Er sah, dass es Mohrle hier gut ging. Sie schien auch schon ihre festen Plätze zu haben. Und er

sah, wie sehr die Kinder an dem Tierchen hingen – vor allem die ältere Tochter.
„Hatten Sie den Kratzbaum schon vorher?“ fragte Herr Riester.
Die Mutter verneinte. „Den haben wir erst für Murmel … äh Mohrle gekauft.“
Herr Riester war nie auf die Idee gekommen, seiner Mohrle einen Kratzbaum zu kaufen. Dabei schien sie so was sehr zu mögen. Er hatte auch sehr wenig Zeit für die Katze. Leider! Er war immer lange außer Haus, und Mohrle war stundenlang alleine in der Wohnung. Das musste für so eine noch relativ junge Katze langweilig sein. Vielleicht war sie deshalb eines Tages nicht mehr von ihren Streifzügen heimgekehrt? Hier würde Mohrle wohl nie alleine sein.
Herr Riester warf Manu einen nachdenklichen Blick zu. Diese wischte sich gerade die Tränen ab. „Entschuldigung“, murmelte sie verlegen und rannte in ihr Zimmer.
Etwa zehn Minuten später hörte sie die Haustür ins Schloss fallen. Vor lauter Kummer warf sie sich auf ihr Bett und heulte ihr Kissen voll. Dass vorsichtig die Tür geöffnet wurde, hörte sie nicht.
„Manu?“ Die Mutter stand neben ihrem Bett.
„Mama, ich will alleine sein!“ knurrte Manu gereizt.
„Es ist alles in Ordnung, Schätzchen. Schau doch mal!“
Manu blickte hoch – und ein Lächeln zauberte sich in ihr Gesicht. „Murmel!“ rief sie überrascht. Die Mutter

hielt die schwarze Schönheit auf dem Arm. „Sie bleibt bei uns."

„Dann ist es doch nicht Mohrle?" fragte Manu fröhlich und hopste vom Bett.

„Doch, es ist Mohrle. Aber Herr Riester meinte, dass es ihr hier wohl besser gehen würde als bei ihm. Bei ihm war sie wohl viel alleine, da er oft bis tief in die Nacht arbeiten muss. Er hat sie auch nur genommen, weil kein anderer Platz für sie gefunden wurde."

„Juhu!" jubelte Manu so laut, dass Murmel entsetzt Reißaus nahm. Tessy kam angewatschelt und versuchte, die Katze am Schwanz zu packen. Doch Murmel war zu flink für das kleine Kind. „Mummel" plapperte Tessy fröhlich und kam zur Mama.

„Wir lassen Murmel in den nächsten Tagen am besten tätowieren", bestimmte die Mutter. „Und wenn sie in Zukunft raus geht, trägt sie ein Halsband. Dann weiß jeder, dass die Katze uns gehört."

„Mama, ich bin so glücklich!" Manu fiel der Mutter um den Hals. Dann stürmte sie ins Wohnzimmer, um mit Murmel zu feiern. Doch der Trubel war dem Tierchen nun wohl doch zuviel geworden. Es hatte sich wieder auf den Kratzbaum gerettet – ganz oben in die Hängematte, direkt unter der Decke. Da kam Manu nicht hin.

„Und morgen darfst du mir dann wieder bei den Hausaufgaben helfen", flüsterte Manu ihrer Freundin zu. „Ich freu mich schon drauf!"

Murmel guckt Herr Riester mit ihren grünen Kulleraugen fragend an

9. Charlys Doppelleben

Uli stellte das Fahrrad ab. Er hörte, wie sich seine Eltern etwas zuriefen. Sie standen beide auf einer Leiter und pflückten Kirschen. Vor einigen Wochen hatten sie diesen Garten gepachtet. Uli fand es toll, abends am Lagerfeuer zu sitzen und mit der Familie und seinen Freunden Würstchen zu grillen. Aber die Gartenarbeit war ihm verhasst. Und er fand, das hier war ein recht großes Grundstück mit seinen vier Apfelbäumen, den drei Kirschbäumen, dem

Birnenbaum und jeder Menge wild wachsender Brombeeren. Das Obst schmeckte Uli natürlich. Am liebsten aß er die Kirschen geradewegs vom Baum weg. Aber mit Eimern bewaffnet auf die Leitern steigen – das fand er total öde.

Uli öffnete das Gartentor und ging in das eingezäunte Stück Land. Seine Mutter winkte ihm bereits und rief ihm zu: „Drüben bei der verfallenen Hütte stehen Eimer. Schnapp dir einen und pflücke die unteren Äste ab, o.k.?“

Verfallene Hütte war noch stark übertrieben. Außer ein paar mehr oder weniger morschen Balken war von dem Holzhäuschen nichts übrig geblieben.

Uli machte sich stöhnend an die Arbeit. Viel lieber hätte er jetzt mit seinen Freunden Fußball gespielt.

Anfangs verschwanden viele Kirschen im Mund. Aber irgendwann hatte Uli genug gegessen, und er füllte lustlos den Eimer. Als dieser voll war, ging er zur verfallenen Hütte, um ihn vorsichtig in den großen Obstkorb zu leeren.

„So eine Mistarbeit! Sklavenarbeit!“

„Hast du was gesagt?“ fragte der Vater vom nächsten Baum.

„Nein, nein!“ wehrte Uli schnell ab. Er überlegte, ob er sich kurz zum Ausruhen auf einen der Balken setzen könnte. Doch da stellte er überrascht fest, dass einer der Querbalken schon besetzt war. Ein rot-weißes Kätzchen saß darauf und beobachtete die Familie bei der Arbeit.

„Du lässt es dir gut gehen, was?“ fragte Uli neidisch. Er kam dem Tierchen näher, und es haute nicht ab. Es ließ sich streicheln und schnurrte kräftig.
„Uli, wenn du nicht weitermachst, werden wir nie fertig. Du willst doch nachher noch in den Fußballverein!“
„Ja, Mama“, stöhnte Uli. „Ich hab doch bloß kurz das Kätzchen gestreichelt.“
„Welches Kätzchen?“ Die Mutter schaute sich um. „Oh, das ist ja süß!“
Das Tierchen leckte Ulis Finger ab, rieb sein Köpfchen heftig an seiner Hand und schnurrte noch immer eifrig. Doch vor lauter Schmusen verlor es das Gleichgewicht und rutschte haltlos vom Balken. Uli lachte. Die Katze blickte ihn vom Gras aus eine Weile unschlüssig an und trollte sich schließlich.
Uli nahm seine Arbeit wieder auf. Dabei musste er aber immer an die Katze denken. Nebenher suchte er das Gras mit den Augen ständig nach einem rot-weißen Fellbüschel ab.
Nachdem der nächste Eimer fast voll war, sah er die Katze endlich durchs Gras springen. Sie schien eine Maus zu jagen. Sie machte hohe Sätze und stürzte sich mit allen vieren auf ihre Beute. Das war wohl interessanter, als Uli und seine Eltern beim Kirschenpflücken zu beobachten. Und Uli fand es wiederum lustiger, der Katze zuzusehen.
Seine Eltern bemerkten nicht, dass ihr Sohn von der Arbeit abgelenkt wurde. Sie hatten die Katze längst

wieder vergessen. Uli aber entdeckte das junge Tierchen immer wieder. Mal auf einem Apfelbaum, dann wieder auf einem Balken – oder aufs Neue beim Mäusejagen.
Als die Eltern verkündeten, sie würden nun aufhören, verschwand die Katze gerade durch ein Loch im Zaun.
Am Samstagvormittag war wieder Pflücken angesagt. Die Mutter ging einkaufen, während Vater und Sohn sich den Kirschen widmeten. Als es bereits gegen Mittag zuging, bekamen sie wieder Besuch.
„Sieh mal!“ entfuhr es Uli. „Da ist wieder das Kätzchen.“
Tatsächlich: es schlüpfte gerade durch das Loch im Zaun, ging gemächlich zu der verfallenen Hütte und sprang auf seinen Lieblingsbalken.
Uli rannte sofort hinüber und streichelte das weiche, kuschelige Tier.
„Die scheint hier in der Nähe zu wohnen“, vermutete der Vater.
Die Katze leistete den beiden Männern Gesellschaft, bis sie schließlich gingen.
Und so machte sie es nun immer, wenn jemand im Garten war. Oft kam sie auch abends, wenn die Familie zum Grillen hier war. Dann schlich sie um Uli herum und ließ sich am liebsten von ihm streicheln. Wenn sie genug hatte, tobte sie im Gras herum. Und wenn sie sich ausgetobt hatte, kam sie wieder zu Uli.

Eines Abends hopste sie sogar auf seinen Schoß und legte sich dort schnurrend nieder.
„Ob die wohl jemandem gehört?“ fragte Uli – in der leisen Hoffnung, dass es vielleicht nicht so war.
„Sie hat eine Tätowierung im Ohr“, antwortete die Mutter. „Ein Zeichen, dass die Katze ein Zuhause hat. Es ist übrigens ein junger Kater! Ist mir vor ein paar Tagen aufgefallen.“
„Ob ich ihm einen Namen geben darf?“
„Warum nicht? So oft, wie er hier bei uns ist – da hat er schon einen Namen verdient, finde ich.“
„Dann nenne ich ihn Charly.“
Charly hörte schon bald auf seinen neuen Namen. Uli rief auch immer sofort nach ihm, wenn er in den Garten kam. Und oft wetzte dann das Katzenknäuel von ganz woanders her, um seinen Freund zu begrüßen. Uli fand die Gartenarbeit inzwischen gar nicht mehr so lästig. Da Charly fast immer da war, hatte er jede Menge Spaß bei der Ernte.
Eines Samstagabends saßen Uli, seine Eltern und eine befreundete Familie wieder beim Grillen, und Charly saß neben Uli – in der Hoffnung, ein Stück Gegrilltes abzukriegen. Da hörten sie, wie jemand plötzlich rief:
„Foxi, hier treibst du dich also rum, du Schlingel.“
Charly spitzte die Ohren. Uli blickte zu dem Pärchen, das Arm in Arm am Zaun stand und zu ihnen hinüber sah.
„Foxi!“ rief die Frau erneut. „Du kleiner Racker!“

Da verließ Charly seinen Platz neben Uli und trabte langsam zu der Frau hinüber. Er drückte sein Köpfchen an den Zaun, und sein Frauchen bückte sich und versuchte, ihn zu streicheln.
Ulis Mutter stand auf und ging ebenfalls zum Zaun. „Ist das Ihre Katze?“
„Ja, das ist unser kleiner Foxi.“
„Tut mir leid. Wir wollten Ihnen die Katze nicht wegnehmen. Aber Foxi leistet uns hier im Garten immer Gesellschaft. Er kommt und geht, wie er Lust hat.“
Die Frau lachte. „Ja, das ist ein kleiner Herumtreiber. Er ist mehr draußen als drin.“
Uli gesellte sich nun auch dazu. Dabei streichelte er seinen Freund, und Foxi wusste gar nicht mehr, wem er sich nun zuerst hingeben sollte. So streckte er sein Köpfchen mal seinem Frauchen hin, und dann leckte er mal Ulis Finger ab.
„Wir haben ihm eine Katzenklappe eingebaut, da kann Foxi raus und rein, wann er will. Gell, du Schlingel!“ Das Frauchen erhob sich.
„Also, wenn es Ihnen nicht recht ist …“, begann Ulis Mutter, doch da mischte sich nun Foxis Herrchen ein. „Foxi hat Sie scheinbar in sein Herz geschlossen, was sollen wir dagegen tun?“ Er lächelte freundlich.
„Dann darf er uns weiterhin beim Grillen besuchen?“ fragte Uli begeistert.
„Wie sollte ich das verhindern?“ fragte der Mann grinsend. „Foxi weiß außerdem, was er will. Und

wenn er sich in den Kopf gesetzt hat, täglich ein paar Stunden in Eurem Garten zu verbringen, dann müssen wir das wohl akzeptieren."
„Es ist ja überhaupt schon schön, dass wir wissen, wo sich der Schlingel aufhält", meinte seine Frau. „Ich hatte schon lange das Gefühl, dass wir nur einen Teil seines Lebens ausmachen."
Sie erzählten, dass Foxi gerne bei ihnen im Bett schlief und viel mit ihnen spielte. Und ganz wichtig war natürlich auch das Futter. Wenn er allerdings das Haus verließ, schien Foxi in eine andere Welt einzutauchen. Wenn er draußen Frauchen mal zufällig begegnete, ignorierte er sie sogar manchmal.
Obwohl Uli nun wusste, wie das Katerchen wirklich hieß, nannte er es weiterhin Charly. Und Foxi hatte damit auch kein Problem. Daheim in der sicheren Geborgenheit hieß er Foxi, und draußen in der wilden Natur war er Charly. Der junge Kater kam damit prima zurecht.
Als die Zeit kam, heruntergefallene Äpfel aufzulesen, saß Charly oft oben in den Ästen eines Apfelbaumes und schaute Uli und seinen Eltern neugierig zu. Wenn sie Pause machten, um etwas zu trinken, kletterte Charly schnell hinunter und holte sich von seinen Freunden ein paar Streicheleinheiten. Und wenn der Vater die schweren Apfelsäcke nach getaner Arbeit dann ins Auto lud, durfte sich Uli ganz dem jungen Kater widmen – mit Spielen und Schmusen.

Wenn Charly genug hatte, verschwand er durch das Loch im Zaun, ging heim und wurde wieder zu Foxi. Dieses Doppelleben fand der junge Kater sehr spannend.

Als es Winter wurde, war er allerdings mehr Foxi als Charly. Er liebte den Schnee nicht sonderlich und machte es sich lieber in der warmen Wohnung gemütlich. Ein paar Mal war er kurz in den Garten gegangen, um nach seinen Freunden zu sehen. Aber die waren nicht aufgetaucht. Kein Wunder bei der Kälte! Also entschied Foxi, diese furchtbar kalten Tage brav daheim zu verbringen. Und es tat auch gut, sich von dem abenteuerlichen Doppelleben ein bisschen zu erholen und sich von Frauchen verwöhnen zu lassen.

Aber Foxi vergaß nicht, dass er auch Charly war. Und als das Frühjahr kam, stattete er dem geliebten Garten wieder regelmäßig einen Besuch ab. Er war inzwischen größer und stärker geworden. Und Uli traute seinen Augen nicht, als er den Kater nach Monaten wieder auf dem Balken sitzen sah. „He, Charly, bist du das?"

Charly leckte zur Begrüßung begeistert Ulis Finger ab. Und so begann Foxis Doppelleben erneut. Er war ein richtig glücklicher Kater!

Charly sitzt auf seinem Lieblingsbalken

Mama gab mir einen Gute-Nacht-Kuss und verließ mein Zimmer. Als ich so am Einschlafen war, konnte ich es kaum erwarten, endlich gesund zu werden. Damit ich endlich ins Tierheim gehen konnte! Es begann wieder zu jucken. Ich konzentrierte mich darauf, an niedliche Katzen zu denken. An den frechen Charly, an die schwarze Murmel, an Maxi und Mausi ... Ich schlief schließlich ein.

10. Kleiner Tiger kämpft um Anni

„Und du bist sicher, dass du eine Katze möchtest?“ fragte Mama am nächsten Tag.
„Na klar!“ Ich saß aufrecht im Bett. „Du hast mir jetzt schon so viel über Katzen erzählt, dass ich es kaum noch abwarten kann.“ Ich biss kräftig in mein Frühstücksbrot. Ich hatte endlich wieder Appetit. „Außerdem denke ich, jedes Kind würde sich über eine Katze freuen“, erklärte ich mampfend. Dass Katzen nur was für Omas waren, dachte ich schon lange nicht mehr.
Meine Mutter belehrte mich natürlich eines Besseren. Es gab anscheinend tatsächlich Mädchen in meinem Alter, die Katzen geradezu lästig fanden:

Anni saß auf der Terrasse und las gelangweilt in einem Buch. Sie fand es einfach nur ätzend, dass sie die Sommerferien daheim verbringen musste, während ihre Freundinnen alle in Urlaub gefahren waren. Sie hatte einfach niemanden zum Spielen.
„Du kannst doch was mit deinem Bruder unternehmen!“ hatte ihre Mutter gesagt. Aber mit Kevin alleine konnte man auch nicht Fangen oder Verstecken spielen. Und zum Seilhüpfen würde sie ihn kaum überreden können.
Die Mutter deckte den Terrassentisch fürs Mittagessen.

„Wir können doch wenigstens so ein bisschen wegfahren“, murrte Anni. „Zelten am Gardasee oder so.“
„Ich habe dir doch schon erklärt, dass wir dieses Jahr kein Geld für einen Urlaub haben. Durch das Hochwasser im Frühjahr musste der komplette Keller neu gerichtet werden. Das hat unser Urlaubsgeld verschlungen. Du musst dich damit abfinden. Es tut mir leid, Anni.“
„Aber es ist stinklangweilig hier.“
„Nächste Woche kommt Tine wieder zurück. Dann hast du doch jemanden.“
„Aber das ist noch über ’ne Woche!“ schimpfte Anni, die mit vollem Namen eigentlich Annika hieß.
„Ich will jetzt kein Jammern mehr hören. Unternimm was mit Kevin! Seine Freunde sind auch nicht da.“ Die Mutter ging zurück in die Küche, rief aber noch einmal nach ihrer Tochter: „Und du könntest mir beim Tischdecken helfen.“
„Auch noch!“ knurrte Anni und erhob sich genervt.
Der Vater hatte Urlaub und saß mit am Esstisch. Ihm entging die schlechte Laune seiner Tochter nicht. Kevin schien es leichter zu nehmen, dass sie dieses Jahr nicht fortfuhren.
„Was treibst du so den ganzen Tag?“ fragte er seinen Sohn.
„Ich hab ein paar Jungs getroffen, die sich nachmittags immer zum Kicken oder Basketball treffen. Da spiel ich ab und zu mit.“

„Aus deiner Klasse?“ fragte die Mutter.
„Nee. Die kannte ich bisher gar nicht. Die kicken auf dem Sportplatz von der Hauptschule, die in der Nordstadt ist.“
„Und du fährst extra in die Nordstadt?“ fragte Anni verblüfft.
„Klar. Mit dem Rad bin ich da in zwanzig Minuten.“
„Was haltet ihr davon, wenn wir morgen alle zusammen an den Badesee gehen?“ fragte die Mutter.
Kevin nickte. „Bin ich gleich dabei.“
Anni stöhnte nur. „Da waren wir schon zwei Mal, seit Ferien sind.“
„Dann gehen wir eben ins Freibad. Da hat’s eine Rutsche und Sprungbretter.“
Doch Anni verdrehte nur die Augen. „Immer nur schwimmen gehen“, motzte sie.
„Wir haben auch schon eine Schiffsrundfahrt auf dem Neckar gemacht“, erklärte der Vater, der nun ebenfalls langsam genervt war.
„Die war auch langweilig!“
„Dann verbring deine Ferien eben mit Trübsal!“, erklärte der Papa streng. „Und rede erst wieder, wenn du bessere Laune hast!“
Nach dem Mittagessen verzog sich Anni sofort auf ihr Zimmer, wo sie zornige Tränen weinte. Und es machte sie noch wütender, dass ihre Eltern das gar nicht interessierte.
Als sie lange genug geweint hatte, döste sie ein. Sie hörte noch, dass ihr Vater rief, sie würden kurz

weggehen und Kevin solle daheim bleiben, bis sie wiederkämen. Dann befand sie sich im Land der Träume.
„Anni!“ Das laute Rufen ihres Namens weckte das Mädchen wieder.
„Anni, Kevin, kommt mal ins Wohnzimmer!“ rief die Mutter.
Anni kam langsam und noch müde angeschlendert, während ihr älterer Bruder aus seinem Zimmer stürmte.
„Wir haben eine kleine Überraschung für euch“, erklärte der Papa. „Dann sind die Ferien vielleicht nicht ganz so langweilig.“
Vor ihm stand ein seltsamer grüner Korb aus Kunststoff. Er hatte einen Griff oben dran und war geschlossen. Noch ehe der Papa den seltsamen Korb öffnete, erklang aus seinem Inneren bereits ein herzergreifendes Maunzen.
„Eine Katze?“ fragte Kevin erstaunt.
„Ja, sie ist im Mai geboren.“ Die Mutter öffnete den Katzenkorb, und sofort wurde ein kleines schwarz-weißes Köpfchen hinausgestreckt. „Wir haben schon länger nach einer Katze gesucht. Diese hier ist ein Kater und braucht noch einen Namen.“
„Eine Katze!“ brummte Anni enttäuscht. „Ich mag keine Katzen!“
Kevin boxte seine Schwester verärgert an. „Jetzt sei kein Miesepeter. Das Kätzchen ist doch süß!“

Endlich hüpfte der junge Kater aus der Box, blieb aber verwirrt stehen und schrie lauthals los.
„Was soll ich mit so ’nem blöden Katzenvieh!“ schimpfte Anni und verschwand wieder in ihrem Zimmer.
Ihre Eltern sahen sich erstaunt und traurig an. So kannten sie ihre Tochter gar nicht.
„Wir müssen ihr Zeit geben“, meinte die Mutter. „Sie wird schon noch merken, wie lieb so eine Katze ist.“
Sie und ihr Mann waren beide mit Katzen aufgewachsen. Sie konnten gar nicht verstehen, dass ihre Tochter kein Interesse an dem Tierchen zeigte.
Im Gegensatz zu ihr fand Kevin das schwarz-weiße Katerchen total süß. Er war gleich ganz vernarrt in ihn. Er war es auch, der ihm einen Namen gab: Kleiner Tiger.
„Weil er gleich bereit war, sich zu wehren, als ich ihm

Kleiner Tiger faucht seine neue Familie erst einmal an

zu nahe gekommen bin“, begründete Kevin seine Wahl. Kleiner Tiger hatte Kevin am ersten Tag gleich angefaucht und nach ihm gehauen. Aber es dauerte nicht lange, da hatte sich Kleiner Tiger an die neuen Menschen gewöhnt. Bereits am nächsten Tag war die Neugier stärker als die Angst. Denn Kevin lockte ihn mit einem alten Schnürsenkel. Und am zweiten Tag konnte Kevin den kleinen Kater bereits beim Fressen streicheln. Auch die Eltern beschäftigten sich mit dem Tierchen und hatten viel Freude mit ihm. Nur Anni ignorierte Kleiner Tiger. Sie spielte nicht mit ihm, sie versuchte nicht, ihn zu streicheln. Sie fand den Kater einfach nur lästig. „Steh doch nicht im Weg ’rum!“ herrschte sie ihn sogar an.

Das Seltsame aber war, dass der Kater gerade ihr hinterher rannte.

„Oh Mann“, nörgelte Anni. „Merkt das Vieh denn nicht, dass ich es nicht mag?“

„Das ist kein Vieh!“ herrschte Kevin seine Schwester an. „Kleiner Tiger will halt, dass auch du ihn beachtest!“

„Und wer beachtet mich?“

„Du bist echt unausstehlich!“

Als die erste Woche seit Tigers Einzug in sein neues Heim vergangen war, kannte er keine Furcht mehr. Er kuschelte sich in die Betten seiner Menschen und konnte laut schnurrend zeigen, dass er sie echt o.k. fand. Nur auf dem Arm fühlte er sich nicht wohl. Kleiner Tiger wollte zu gerne auch in Annis Zimmer.

Aber das war leider meistens zu. Seit neuestem saß er davor und maunzte so laut er konnte. Er kratzte sogar an der Tür.
„Jetzt lass Tiger doch rein!“ hörte Anni dann ihre Mutter von draußen rufen. Doch Anni wollte die Katze nicht in ihrem Zimmer haben. Stattdessen öffnete sie die Tür und herrschte das arme Tierchen an: „Verschwinde endlich!“
Kleiner Tiger sprang entsetzt zurück. Er blieb aber hartnäckig und kratzte fünf Minuten später wieder an Annis Tür.
Kevin hielt das nicht mehr aus und holte das Katerchen in sein Zimmer, wo er mit ihm spielte. Das lenkte Tiger zwar ab, vergessen aber war Anni nicht.
Dann endlich kam Tine aus dem Urlaub zurück. Tine war Annis beste Freundin und wohnte nur ein paar Häuser weiter.
Den nächsten Tag verbrachte Anni nun bei Tine, die ausführlich von ihren Urlaubserlebnissen erzählte. Und am übernächsten Tag gingen sie zusammen ins Freibad. Plötzlich war das Freibad gar nicht mehr langweilig.
„Was hast du denn die ganze Zeit so getrieben, während ich weg war?“ fragte Tine neugierig.
„Langweilige Ausflüge mit der Familie“, brummte Anni. „Und dann musste ich dauernd das schreckliche Jammern von Tiger über mich ergehen lassen.“
„Wer ist denn Tiger?“ fragte die Freundin überrascht.

„Unsere neue Katze. Einfach furchtbar. Meine Eltern denken wohl, sie könnten damit gut machen, dass wir dieses Jahr nicht in Urlaub fahren."
„Eine Katze?" rief Tine entzückt. „Das sagst du erst jetzt? Los, wir gehen sofort zu dir. Die muss ich unbedingt sehen."
„Die ist blöd!"
Doch Tine hörte ihrer Freundin schon gar nicht mehr zu. Eilig stopfte sie ihre Sachen in die Tasche. „Na mach schon!"
Anni hatte gegen Tines Begeisterung keine Chance. Und ehe sie sich versah, saßen sie auf ihren Fahrrädern und radelten heim zu Anni. Tine klingelte sofort.
„Oh, Tine, schön, dich zu sehen", begrüßte sie Annis Mutter. „Wie war der Urlaub?"
„Ja, war ganz gut. Darf ich Ihre Katze sehen?"
Annis Mutter lächelte. „Ja, klar, komm nur rein. Sie tobt gerade im Wohnzimmer herum."
Tine stürmte sofort in die gute Stube und vergaß ihre Freundin dabei völlig. Anni zog eine Schnute, während sie langsam hinterher trottete.
„Tine, wir wollten doch spielen."
„Wir können doch mit der Katze spielen."
Annis Mutter zeigte Tine, wie sie Tiger am besten mit der Schnur locken konnte. Und Tine hatte großen Spaß daran. Als Kevin vom Kicken zurückkam, spielte Tine immer noch mit Kleiner Tiger. Annis Bruder grinste. „Ein süßes Kerlchen, gell?"

„Voll goldig!“
„Da kannst du dir bei deiner Freundin eine Scheibe abschneiden!“ belehrte Kevin seine Schwester.
„Ach, ihr seid doch alle blöd!“ knurrte Anni und setzte sich beleidigt aufs Sofa.
Tine fraß einen Narren an dem Katzenkind und beschäftigte sich nun täglich mit ihm, bevor sie mit ihrer Freundin was unternahm. Jedes Mal ermutigte sie Anni, doch auch mit dem süßen Geschöpf zu spielen oder zu schmusen.
„Ich verstehe dich nicht“, meinte Tine eines Tages. „Was hast du gegen Katzen? Ich würde mich freuen, wenn meine Eltern eine mitbringen würden. Ich finde dein Verhalten echt komisch!“
Als noch öfter Vorwürfe von ihrer besten Freundin kamen, fürchtete Anni, sie könnte Tine verlieren. Ganz besonders bekam sie Angst, als Tine eines Nachmittags über Annis Katzenfeindschaft so verärgert war, dass sie einfach heimging. Also ließ Anni Kleiner Tiger an diesem Abend endlich in ihr Zimmer. Der kratzte nämlich wieder einmal hoffnungsvoll an ihrer Tür. Er hatte Anni noch immer nicht aufgegeben.
„Na. Dann komm halt rein“, brummte Anni. Wenn Tine so begeistert war von Tiger, dann musste sie sich mit dem Kätzchen wohl oder übel anfreunden. Und so ließ sie es mit gemischten Gefühlen zu, dass der kleine Kater sein Köpfchen in ihrer Hand rieb und ihr ins Ohr schnurrte. Na ja, irgendwie hatte das schon

was Nettes! Vorsichtig und unbeholfen streichelte Anni dem Tierchen über den Rücken. Das gefiel Kleiner Tiger so gut, dass er sich bald vertrauensvoll auf den Rücken legte. Als er Anni so sein weißes Bäuchlein entgegenstreckte, war Annis Widerstand endgültig gebrochen. Während sie ihn am Bauch kraulte, huschte ein Lächeln über ihr Gesicht. „Du bist doch ein ganz Süßer. Vielleicht werden wir ja Freunde!“

Erst gegen halb zehn wurde Kleiner Tiger vermisst.

„Wo ist unser kleiner Schlingel?“ fragte der Vater.

„Von Anni habe ich auch schon lange nichts mehr gehört“, meinte die Mutter. „Kevin, du suchst nach Tiger. Ich schaue mal nach deiner Schwester.“

Vorsichtig öffnete sie Annis Zimmertür und lugte hinein. „Na so was!“ flüsterte sie überrascht. Anni lag angezogen auf ihrem Bett. Und der kleine Kater hatte sich auf ihrem Bauch zusammengerollt. Beide schliefen tief und fest.

Leise schloss die Mutter die Tür und ging wieder ins Wohnzimmer.

„Kevin, ich habe Tiger gefunden.“

„Wo ist er?“ fragte Annis Bruder neugierig.

„Er ist bei Anni. Stör sie jetzt besser nicht.“

„Sie tut ihm doch nichts?“ fragte Kevin besorgt.

Seine Mutter lächelte. „Nein. Sie kuscheln miteinander. Es scheint so, als hätten sie heute Abend wohl endlich Frieden geschlossen.“

Alle drei grinsten sich erleichtert an.

„Ich wusste doch, dass auch Anni so einem Tierchen nicht auf Dauer widerstehen kann“, meinte der Papa erfreut.
Als Anni gegen Mitternacht aufwachte, hatte sich Kleiner Tiger neben sie gelegt. Ganz dicht an ihren Körper. Anni streichelte den tief schlafenden Kater vorsichtig, ehe sie die Augen wieder schloss. Dabei dachte sie noch: Die Freundschaft mit Tine ist gerettet!
Aber sie musste sich eingestehen, dass sie Tiger tatsächlich plötzlich mochte. Das Tierchen im Bett zu haben war zwar ungewohnt, aber in erster Linie war es doch auch angenehm.
„Miau“, machte Kleiner Tiger leise und drehte sich um.
Anni lächelte. „Ja, ich wünsche dir auch eine gute Nacht, mein kleiner Freund!“

11. Timmy ist doch nur ’ne Katze

Ich war nun fast wieder gesund. Die Ansteckungsgefahr war vorüber. Es juckte mich nicht mehr. Nur vereinzelt sah man noch eine Windpocke. Mama meinte, ich könne am nächsten Tag wieder in die Schule gehen. Ich freute mich darauf. Manchmal war die Schule zwar lästig, aber im Großen und Ganzen ging ich doch ganz gerne hin. Ich traf dort meine

Freunde und wir hatten Spaß zusammen. Mit den Lehrern war es nicht immer leicht. Einige konnte ich nicht ausstehen. Und hin und wieder gab es einen Rüffel. Manche Fächer waren auch ätzend. Zum Beispiel Englisch fand ich total öde. Aber so war das Leben eben. Ich hatte Spaß an der Schule – und manchmal nervte sie mich. Hauptsache, ich war nicht mehr so alleine!
Mama versprach mir, kommenden Montagnachmittag mit mir ins Tierheim zu gehen.
„Und was sagt Papa dazu?"
„Der ist einverstanden." Mama lächelte. „Ich habe ihm erzählt, wie tapfer du dich geschlagen hast. Und dass du es verdient hast, deinen Wunsch erfüllt zu bekommen."
„Aber du hast doch gesagt, Papa hätte nichts übrig für Tiere."
„Dir zuliebe ist er aber bereit, ein Kätzchen aufzunehmen. Und wenn erst einmal eine süße Katze im Haus ist ..." Mama grinste schelmisch. „Du weißt doch, dass Papa ein weiches Herz hat."
Ich nickte. Ja, Papa war sehr lieb. Warum also sollte er eine Katze nicht auch mögen können?
„Und er hat einfach so zugestimmt?"
Nun schüttelte Mama den Kopf. „Nein, das nicht gerade. Er äußerte die Befürchtung, dass die Katze Ärger machen könne, wenn etwas nicht nach ihrem Kopf ginge." „Das stimmt aber doch nicht, oder?"

fragte ich verwirrt. „All die Katzen, von denen du mir erzählt hast, waren doch sehr lieb."

„Ja, aber ganz Unrecht hat Papa auch nicht. Katzen sind nun mal sehr dickköpfig. Und Papas größte Sorge war, dass die Katze aus Protest irgendwo hin pinkeln könnte, wenn sie ihren Willen nicht bekommt."

Entsetzt starrte ich meine Mama an. „So etwas tun Katzen?" Ich konnte es gar nicht glauben. „Wie kommt Papa denn darauf? Ich dachte, er hat keine Ahnung von Tieren."

Mama und ich saßen im Esszimmer am Esstisch. Mama hatte eine volle Kaffeetasse vor sich stehen. Ich löffelte meinen Nachtisch. Mein kleiner Bruder war draußen und spielte mit seinen Freunden.

„Papa hat mir von seinem Arbeitskollegen erzählt. Da ist so etwas Ähnliches wohl passiert. Allerdings war die Katze meiner Meinung nach eher verstört als trotzig. Und davon konnte ich Papa schließlich auch überzeugen."

„Erzähl!" bat ich meine Mama mit vollem Mund.

Ich glaube, ich war süchtig nach Mamas Katzen-geschichten ...

„Was machst du da, Papa?" fragte Katja an einem Samstagmorgen.

„Das siehst du doch", antwortete der Vater ächzend. „Ich bringe den alten Sessel in den Keller."

„Das darfst du nicht!" rief Katja entsetzt.

„Warum nicht?“ Der Vater hielt inne. „Deine Schwester ist schon vor einem halben Jahr ausgezogen. Und ich will ihr Zimmer endlich in ein Büro verwandeln.“
Der Vater packte den cremefarbenen Sessel wieder an.
„Aber Papa, das ist Timmys Lieblingsplatz.“
Wieder setzte der Papa den Sessel ab. „Katja, das ist ja wohl nicht dein Ernst! Ich werde das Zimmer nicht so lassen, nur damit Timmy zufrieden ist.“
Timmy war ein schwarzer, verschmuster Kater, der sich für sein Leben gern in dem alten Sessel lümmelte. Das seit einem halben Jahr verlassene Zimmer war zu einem Katzenzimmer geworden. Timmy standen alle Türen in der Wohnung offen. Aber wenn er seine Ruhe wollte, verzog er sich am liebsten in dieses Zimmer – und am liebsten in den alten Sessel.
„Katja, Timmy hat jede Menge Lieblingsplätze. Er schläft auf dem Sofa, in unseren Betten, auf unseren Esszimmerstühlen und sogar auf der Fensterbank. Also wird er den Verlust eines Platzes ja wohl verschmerzen können.“
Katja zog eine Schnute. „Aber alle Plätze muss er mit uns teilen. Der Sessel gehört ihm alleine.“
„Er ist nur eine Katze! Er muss sich eben anpassen. Und jetzt lass mich den Sessel raus bringen.“
Timmy hörte den Lärm, den der Vater beim Ausräumen machte. Und er hasste Lärm. Deshalb

versteckte er sich lieber erst einmal unter Katjas Bett und bekam so von der Sesselaktion nichts mit. Als der Lärm aber vorüber war und Timmy sich wieder hervortraute, wagte er einen neugierigen Blick in sein Katzenzimmer. Von hier war der Lärm ja gekommen. Kurz darauf rannte er auch schon zu Katja und maunzte sie entsetzt an.
„Was hast du denn, Timmy? Hast du Hunger?“
Doch der schwarze Kater dachte nicht ans Fressen. Er wetzte in sein Zimmer und zeigte Katja empört jammernd, dass er seinen Lieblingsplatz vermisste.
Katja streichelte das Tierchen liebevoll über den Rücken. „Armer Kerl. Dein geliebter Schlafplatz ist leider fort. Aber daran wirst du dich schon gewöhnen, was?“
Am Sonntag wurde das frühere Jugendzimmer zu einem Büro für den allein erziehenden Vater. Zwei Regale, Schreibtisch mit PC und Bürostuhl. Mehr wollte der Papa hier nicht drin haben.
Timmy schien es dann doch gefasst zu nehmen. Er untersuchte das neu eingerichtete Zimmer und trollte sich schließlich. Katja fand ihn auf ihrem Bett. In der Nacht ging Timmy wie gewohnt ins Freie und kontrollierte sein Revier. Er fing sogar zwei Mäuse, die er Katja und ihrem Vater am Morgen stolz präsentierte. Und natürlich verrichtete er draußen auch seine Geschäfte. Das Katzenklo, das im Flur stand, benutzte er so gut wie nie. Nur, wenn er krank war und nicht extra raus wollte.

Umso erstaunlicher war es daher, als Katja ihn am Dienstagabend bei einer unsauberen Handlung im Bad erwischte. „Timmy, was soll das denn?“ Der Kater hatte auf den Läufer vor der Badewanne gepinkelt. Unschuldig sah er sein kleines Frauchen an.
„Timmy, das macht man doch nicht!“ Die strenge Stimme veranlasste den Kater, ins Wohnzimmer zu flüchten.
Der Papa hatte Katjas schimpfende Stimme gehört und fragte aus der Küche: „Was ist denn passiert?“
„Er hat auf den Läufer gemacht.“
„Nanu! Das hat er ja noch nie getan.“ Katja ließ Timmy ins Freie. Sie dachte, der Kater hätte längst hinaus müssen. Warum aber hatte er nicht das Katzenklo benutzt?
Der Vater steckte den Läufer in die Waschmaschine und legte ein altes Strandtuch vor die Badewanne.
Aber als Katja am nächsten Tag von der Schule kam und sie sich im Bad die Hände wusch, vernahm sie einen stechenden Geruch. Timmy hatte auf dem Strandtuch einen dunklen Fleck hinterlassen. Das durfte doch nicht wahr sein! Was war in den Kater gefahren? War er krank?
Doch Timmy war genauso verfressen wie eh und je. Er spielte am Nachmittag mit Katja und leistete ihr bei den Hausaufgaben Gesellschaft. Es schien ihm nichts zu fehlen.

Als der gewaschene Läufer schließlich wieder vor dem Bad lag, dauerte es keine 24 Stunden, bis er wieder eindeutig nach Timmy roch.
„Also, irgendetwas hat der Kater!“ brummte Katjas Papa und rief die Tierärztin an. Er bekam einen Termin für den nächsten Tag.
Katja begleitete ihren Vater natürlich.
Timmy wurde untersucht. „So weit ich sehen kann, ist Timmy gesund“, meinte die Tierärztin. „Hat er vielleicht irgendwelchen seelischen Kummer?“
„Nein, davon merke ich nichts“, antwortete der Vater.
„Frisst er?“
„Ja, ganz normal!“
„Ist er irgendwie apathisch?“
Der Vater warf Katja einen Blick zu. Diese schüttelte den Kopf. „Nee, er spielt mit mir wie gewohnt. Und er geht auch nachts auf seine Streifzüge.“
„Hat sich in der Familie was geändert?“
„Wie meinen Sie das?“
„Na ja, hat er eine wichtige Bezugsperson verloren? Oder ist ein Baby im Haus, das er als Konkurrenz sieht?“
Der Papa verneinte. „Meine Älteste ist vor einem halben Jahr ausgezogen. Aber diese Unsauberkeit hat er erst seit ein paar Tagen.“
„Ist am Wochenende etwas Gravierendes passiert?“
„Nein!“ Der Vater schüttelte den Kopf.
Doch Katja kam eine Idee. „Papa hat am Wochenende Timmys Lieblingssessel in den Keller geräumt.“

„Katja!“ Der Papa blickte seine Tochter strafend an. „Red nicht so einen Unsinn!“
„Nein, nein“, wehrte die Tierärztin ab. „Das ist kein Unsinn. Katzen reagieren oft verstört, wenn sich etwas im Haushalt ändert. Wenn die Wohnung umgestellt wird – oder noch schlimmer, wenn plötzlich ein wichtiger Schlafplatz fehlt.“
„Timmy hat jeden Tag ein paar Stunden in dem Sessel geschlafen“, erklärte Katja. „Seit meine Schwester ausgezogen ist, hat er den Sessel ganz für sich beansprucht.“
„Aber ich habe jetzt ein Büro aus dem Zimmer gemacht“, brummte der Vater. „Und dabei bleibt es auch. Timmy braucht kein eigenes Zimmer. Er ist nur eine Katze!“
„Es ist ja nicht sicher, ob es an dem Sessel liegt.“
„Aber wahrscheinlich, oder?“ warf Katja ein.
„Sie können den Sessel vielleicht auch in einem anderen Zimmer aufstellen“, schlug die Tierärztin vor. „Manchmal nehmen Katzen das an. Hauptsache sie haben ihren Lieblingsschlafplatz wieder.“
„Der Sessel ist so alt, der sieht einfach nicht mehr schön aus! Ins Wohnzimmer kommt er auf keinen Fall.“
„In meinem Zimmer ist aber auch kein Platz dafür!“ protestierte Katja.
„Sie können natürlich auch einfach hoffen, dass die Unsauberkeit mit der Zeit nachlässt. Dass Timmy den lieb gewonnenen Sessel mit der Zeit vergisst. Da

brauchen Sie aber viel Geduld. Und schöner wäre es für den Kater natürlich, wenn Sie ihm ein bisschen entgegenkommen."
„Dann stell den Sessel doch in dein neues Büro", schlug Katja vor.
„Nein …"
„Aber da ist genug Platz", meinte Katja trotzig.
Auch die Tierärztin begann, auf Katjas Papa einzureden. Eine Katze könne tatsächlich sehr anspruchsvoll sein.
Der Vater verließ die Praxis mit dem Versprechen, er werde sich etwas überlegen. Im Auto redete Katja weiter auf ihn ein. Doch der Papa legte sich nicht fest. Er versprach seiner Tochter nichts. Sie solle abwarten! Daheim angekommen, verschwand das schwarze Tier sofort unter Katjas Bett, um sich von dem Tierarztschock zu erholen. Katja, die sich von ihrem Vater eine Antwort erhofft hatte, schnappte sich ihr Fahrrad und fuhr beleidigt durch die Gegend.
Als sie zum Abendessen wieder daheim war, brummte der Papa: „Ich hoffe, Timmy und du, ihr seid nun zufrieden. Wenn er aber immer noch so unsauber bleibt, dann kommt der Sessel wieder in den Keller."
„Papa, super, du hast den Sessel wieder in das Zimmer gestellt." Katja umarmte ihren Vater stürmisch. „Wo ist Timmy?"
„Auf deinem Bett!"
Katja rannte in ihr Zimmer, nahm den Kater einfach auf den Arm und ging mit ihm in das neue Büro.

„Sieh nur, Timmy, dein Sessel ist wieder da!" Sie setzte ihn auf dem Sessel ab. Doch Timmy wäre keine Katze, wenn er nicht sofort wieder runter gehüpft wäre. Eine Katze lässt sich doch nicht befehlen, wo sie zu schlafen hat!

Als würde ihn der Sessel kein bisschen interessieren, trabte Timmy gemütlich ins Wohnzimmer und rollte sich auf der Couch zusammen.

Katja war enttäuscht. „Er hat den Sessel verschmäht."

„Na super!" knurrte ihr Vater. „Jetzt habe ich den schweren Sessel extra wieder hoch geschleppt! Timmy, wenn du ihn in den nächsten Tagen nicht benutzt, kommt er wieder runter. Und dann für immer!"

Aber da musste sich Katjas Vater keine Sorgen machen. Bereits am nächsten Tag hatte sich Timmy schon wieder in den cremefarbenen, zerkratzten Sessel gekuschelt. Aber eben erst, als er es wollte! Niemand durfte ihm sagen, wann er wo zu schlafen hatte!

Timmy lümmelt faul und glücklich in seinem Lieblingssessel

Tatsächlich war die Welt für den schwarzen Stubentiger nun wieder in Ordnung. Ab sofort war er wieder stubenrein. Der Vater war überrascht. „Hätte nicht gedacht, dass so ein alter Sessel eine Katze derart glücklich machen kann.“
„Er ist eben doch nicht „nur“ eine Katze!“ erklärte Katja triumphierend. „Er ist eine Persönlichkeit. Fast wie ein Mensch.“

12. Mein neuer Freund Mogli

Heute war es endlich so weit! Der große Tag war gekommen, an dem ich mir eine Katze aussuchen durfte! Wir befanden uns auch schon auf dem Weg zum Tierheim, das unter anderem montagnachmittags von fünfzehn bis achtzehn Uhr Besuchszeit hatte. Es war kurz nach drei, als wir das Tierheim erreichten. Ich hatte keine wirkliche Vorstellung, wie mein zukünftiges Kätzchen sein sollte. Ich wusste nur, dass ich mich bestimmt auf Anhieb in das Tierchen verlieben würde.
Wir wurden von einer Mitarbeiterin herumgeführt, die uns viele Fragen stellte. Ob wir der Katze Freilauf geben könnten, zum Beispiel. Daran hatte ich überhaupt nicht gedacht. Gut, dass meine Mama dabei war. „Wir haben eine sehr große Wohnung. Aber einen Garten haben wir nicht. Die Straße ist

auch in der Nähe. Eine Wohnungskatze wäre schon besser."

Also kamen einige Katzen erst gar nicht in Frage. Schade, da waren ein, zwei Katzen, die mir sofort aufgefallen waren. Eine grau Getigerte beispielsweise, die mich an Pauli erinnerte. Aber sie war nur als Freigänger zu vermitteln.

Die Mitarbeiterin fragte mich, ob es unbedingt ein junges Kätzchen sein müsse.

„Nee, glaub' nicht." Ich blickte meine Mama fragend an, die ebenfalls den Kopf schüttelte. Wir waren uns einig, dass die Katze einfach zu uns passen sollte – egal, wie alt sie war.

Die Mitarbeiterin zeigte uns vier Katzen. Jede war süß – und jeder hätte ich gerne ein Zuhause geschenkt. Aber nur eine davon eroberte wirklich sofort mein Herz. Mogli war ein grau-weißer Kater, der ein bisschen aussah wie ein Teddybär. Er hatte ein dichtes, kuscheliges Fell und war ziemlich groß und kräftig gebaut. Am meisten aber faszinierte mich sein liebes Gesicht, aus dem er mich mit seinen moosgrünen Augen frech anguckte. Ich glaube, er zwinkerte mir sogar zu. Mogli machte keine Anstalten, sich von seiner Schmusedecke zu erheben. Er versteckte sich nicht in irgendeiner Ecke wie andere Katzen, er bettelte aber auch nicht herzergreifend um Aufmerksamkeit. Mogli gefiel mir.

„Ich glaube, der ist es!" verkündete ich selbstsicher, obwohl ich über Mogli noch gar nichts wusste.

„Mogli ist ungefähr vier Jahre alt", erklärte die Mitarbeiterin. „Er ist ein sehr lieber Kater." Sie lächelte mich an. „Ich glaube, mit ihm triffst du eine gute Wahl. Du musst ihm aber Zeit geben. Anfangs ist er in einer neuen Umgebung immer sehr scheu. Wenn er aber mal Vertrauen gefasst hat, kann er sehr anhänglich sein. Und sehr wichtig ist, dass du regelmäßig mit ihm spielst. Mogli hat ziemlich viel Temperament, das er ausleben muss, auch wenn er oft faul herumliegt."

Als wir nach über einer Stunde das Tierheim verließen, war ich überglücklich. Ich hopste vor lauter Begeisterung um meine Mutter herum. Diese lächelte.

„Na, du hast dich in den Kater ja richtig verliebt, was?"

„Der ist doch voll knuddelig, oder?" entgegnete ich gutgelaunt. Mama gab mir Recht.

„Aber ein paar Tage musst du dich noch gedulden. Er wird noch mal geimpft. Und dann müssen erst die Formulare ausgefüllt werden."

Vier Tage musste ich mich in Geduld üben. Als ich schon dachte, ich halte es vor lauter Spannung einfach nicht mehr aus, da kam endlich jemand vom Tierheim. Es war Freitagmittag. Die Frau hatte einen Katzenkorb dabei, aus dem schrecklich jammernde Töne drangen. „Was ist denn mit Mogli los?" fragte ich entsetzt.

„Er hat Angst, Lilo-Häschen", erklärte meine Mama. „Der enge Katzenkorb, die Autofahrt!"

Die Mitarbeiterin des Tierheims öffnete den Korb. Vorsichtig streckte Mogli sein rosa Näschen heraus. Und dann war er plötzlich mit einem Satz draußen und schlich sich geduckt an mir vorbei. Er erinnerte mich an Mausi, als ich sah, wie er hinter dem Sofa verschwand.

Den ganzen Tag wagte sich Mogli nicht hervor. Er rührte sein Fressen nicht an, und aufs Katzenklo schien er auch nicht zu müssen. Er maunzte auch nicht mehr. Von ihm war weder was zu hören noch zu sehen.

Ich war richtig frustriert, als ich abends ins Bett ging.

„Warum hat er denn jetzt Angst vor uns?" fragte ich meine Mama traurig, als sie noch einmal nach mir schaute. „Im Tierheim ist er vor uns doch auch nicht abgehauen."

Mama strich mir liebevoll über die Wange. „Im Tierheim hatte er sich halt schon eingewöhnt. Und hier ist alles neu für ihn. Fremde Stimmen, neue Gerüche, andere Geräusche. Die Frau sagte doch, du müsstest anfangs etwas Geduld haben."

In dieser Nacht schlief ich nicht sehr gut. Immer wieder wurde ich wach und dachte sofort an Mogli. Gegen Morgen sah ich ihn dann endlich. Er stand in meiner offenen Tür und lugte in mein Zimmer. Als er jedoch bemerkte, dass ich wach war und ihn beobachtete, huschte er lautlos davon. Na, immerhin erkundete er jetzt endlich sein neues Zuhause.

Kurz darauf hörte ich, wie er sich über sein Futter hermachte. Erst gab es schmatzende Geräusche, dann knackende. Das Knackende musste vom Trockenfutter kommen. Nun konnte ich natürlich gar nicht mehr schlafen. Ich war neugierig auf Mogli und lauschte auf jedes Geräusch. Aber Mogli war sehr leise und vorsichtig. Nur hin und wieder vernahm ich kaum hörbar seine tapsenden Pfoten auf dem Parkettboden im Wohnzimmer.
Als meine Mama um acht Uhr in mein Zimmer kam, um mich eigentlich zu wecken, erzählte ich ihr sofort von Moglis Entdeckungstour. „Er hat dann auch mein Zimmer noch einmal gründlich unter die Lupe genommen. Ich habe mich nicht getraut, ihn anzusprechen. Ich glaube, er war ziemlich vertieft in seine ‚Arbeit'."
Auch am Samstag hörten und sahen wir nicht viel von Mogli. Erst als wir abends fernsahen, da kam er plötzlich vorsichtig von irgendwo her angeschlichen und betrachtete jedes Familienmitglied sehr kritisch.
Mein Bruder und ich saßen sofort stocksteif da, um den Kater nur ja nicht zu erschrecken. Papa nahm das Auftauchen Moglis gelassener und meinte: „Na, du?"
Und Mama hatte den besten Einfall. Sie zauberte eine Schnur hervor und ließ sie vor Mogli hin und her baumeln. Erst zuckte der Kater entsetzt zurück. Aber er blieb in unserer Nähe und beobachtete neugierig das Spielzeug. Und dann kam er wieder her und tippte die baumelnde Schnur mit einer Pfote vorsichtig an.

„Du bist ja schon richtig mutig, Mogli“, lobte meine Mutter liebevoll. Ich warf ihr einen erstaunten Blick zu. Ehrlich gesagt fand ich Mogli eher ängstlich und gar nicht mutig. Aber Mama verstand mehr von Katzen als ich.
„Komm, Mogli“, lockte meine Mama. „Komm, fang die Schnur.“
Ich sah, wie Mogli die Ohren spitzte, als er die fremde Stimme vernahm. Die Schnur wurde uninteressant. Skeptisch blickte er Mama an.
„Du musst mit ihm reden“, erklärte mir Mama leise. „Er muss sich an deine Stimme gewöhnen.“
Ich atmete erst einmal tief durch. Irgendwie war ich schon etwas nervös. „He, Mogli“, flüsterte ich unsicher. „Erkennst du mich nicht mehr? Du hast mir im Tierheim zugezwinkert.“
Wieder spitzte Mogli die Ohren. Unbeweglich saß er da, während er nun mich kritisch unter die Lupe nahm.
„Weiter ...“, flüsterte Mama und reichte mir vorsichtig die Schnur.
„Mogli, du Süßer“, langsam wagte ich, etwas lauter zu sprechen. „Ich bin deine Freundin. Du darfst nun bei uns wohnen.“ Ich ließ die Schnur vor ihm pendeln. Als keiner von uns was sagte, haschte er nach dem Bändel.
Dann allerdings entlud sich die Anspannung meines Bruders und es platzte laut aus ihm heraus: „Darf ich auch mit ihm spielen?“

Das war zuviel für den angeblich so mutigen Mogli. Ich sah, wie der Kater zusammenfuhr und davon hechtete. Blitzartig war er aus dem Wohnzimmer verschwunden.
„Mann", knurrte ich verärgert und boxte meinem Bruder gegen die Schulter. „Jetzt hast du ihn erschreckt. Bestimmt verkriecht er sich nun wieder stundenlang!"
„Ich hab' doch gar nichts getan!"
„Ist doch gut, Kinder", Mama versuchte, uns zu beruhigen und lächelte mir aufmunternd zu. „Mogli wird schon wieder kommen."
Tatsächlich tauchte er eine Stunde später wieder auf.
Und so wagte sich Mogli jeden Tag für längere Zeit aus seinem Versteck. Er gewöhnte sich an unsere Stimmen, und er erschrak auch nicht mehr so oft, wenn mein kleiner Bruder mal etwas lauter wurde. Anfangs verkroch er sich immer, wenn das Telefon läutete. Aber auch das Geräusch konnte ihm bald keine Angst mehr einjagen.
In der ersten Zeit ließ sich Mogli nicht streicheln. Aber er spielte gerne mit der Schnur oder mit einem Schaumstoffball. Er wagte sich auch bald auf die Fensterbank und beobachtete alles, was sich draußen bewegte.
Und nach etwa zehn Tagen kam endlich der Zeitpunkt, als er auch unsere körperliche Nähe suchte. Ich war natürlich sehr stolz, dass er mich für seinen ersten Körperkontakt aussuchte. Es passierte nachts. Ich

wachte auf, weil es mir so furchtbar warm war. Als ich mich bewegte, spürte ich etwas Weiches an meinem Arm. Ich schlug die Decke zurück und sah, dass sich Mogli ganz dicht neben mich gekuschelt hatte. Vorsichtig streichelte ich den Kater. Erst zuckte er ein bisschen zusammen und hob leise maunzend sein Köpfchen in die Höhe. Wahrscheinlich hatte er tief geschlafen. Aber dann ließ er sich wieder beruhigt auf seine Pfoten sinken. Ich legte meinen Kopf dicht neben seinen Körper. Und da hopste mein Herz vor Freude. Mogli schnurrte mir nämlich zart ins Ohr. Ich kraulte noch eine Weile sein teddyartiges Fell und lächelte still in mich hinein. Ich spürte, dass das der Anfang einer wunderbaren Freundschaft war.
Vielleicht würde ich bald selbst so viele tolle Katzengeschichten erzählen können wie meine Mama. Nur würden meine alle von einer einzigen Katze handeln – von Mogli!

Ende

Vorschau:

Conny Bubeck
Troll, der schnurrende Engel

Der grau getigerte Troll ist eigentlich eine ganz normale Katze. Er schlabbert für sein Leben gerne Milch, hat eine Schwäche für Schinken und liebt es, mit den Menschen zu spielen und zu schmusen. Trotzdem unterscheidet sich sein Leben deutlich von dem anderer Stubentiger. Statt wie seine Artgenossen bei einem Herrchen oder Frauchen zu wohnen, taucht er immer gerade da auf, wo die Anwesenheit einer Katze erforderlich ist. Und Troll wird oft gebraucht. Zum Beispiel von der griesgrämigen, im Rollstuhl sitzenden Lisa und ihrer überforderten Mutter. Oder von dem netten aber querköpfigen Andy, der sich immer mit seinen Lehrern anlegt. Troll hat alle Pfoten voll zu tun. Aber er liebt sein abenteuerliches Katerleben …
Ab ca. 8 oder 9 Jahren

Voraussichtlicher Erscheinungstermin: Juli/August 2007